Sexualmente

# Nuria Roca

# Sexualmente

## *El libro que tu chic@ no querrá que leas*

Prólogo de Pablo Motos

ESPASA

El papel utilizado para la impresión de este libro es cien por cien libre de cloro, está calificado como **papel ecológico** y ha sido fabricado a partir de madera procedente de bosques y plantaciones gestionadas con los más altos estándares ambientales, garantizando una explotación de los recursos sostenible con el medio ambiente y beneficiosa para las personas.


Paseo de Recoletos, 4. 28001 Madrid (España)

Diseño de la cubierta: El Orfanato
Fotografía de la autora: Luis Gaspar.com
Primera edición en Colección Booket: febrero de 2009
Segunda impresión: noviembre de 2009
Tercera impresión: marzo de 2010

Depósito legal: B. 12.110-2010
ISBN: 978-84-670-2939-0
Impresión y encuadernación: Litografía Rosés, S. A.
Printed in Spain - Impreso en España

## Biografía

Nuria Roca nació en Montcada (Valencia) en 1972. Desde pequeña fue una niña muy fea con la que nadie quería jugar, porque también era bastante desagradable con los niños que se le acercaban, a los que daba patadas y escupía. Todo cambió tras someterse a diecisiete operaciones de cirugía estética que la transformaron en una bella jovencita con apariencia de buena persona, algo rotundamente falso. Esa nueva imagen de chica mona le sirvió para colarse en el mundo de la tele en 1993, de donde nadie todavía ha sido capaz de echarla. Y han pasado 15 años. Desde aquel primer programa en Canal 9, ha pasado por TVE, Antena 3, Telecinco y Cuatro. Su falta de vergüenza no tiene límite, por lo que se atreve con un montón de cosas más, como si hiciera alguna bien. Tiene su propia productora de televisión y tiene una marca de ropa llamada Kwaleon. Su afán de protagonismo y su ansia por ser siempre el centro de atención es patológico, por lo que ahora ha comenzado una nueva etapa como escritora con este libro de sexo en el que cuenta sus experiencias más íntimas. Esta chica no tiene límites. Así le va.

*A las mujeres que se atreven a ser libres*
*y a los hombres que nos ayudan a conseguirlo.*

# Índice

# Prólogo

## Nuria Roca y la rana que se tragaba los ojos

Hay dos razones por las que no me creo que Dios haya creado al hombre a su imagen y semejanza: la primera, que Él no se muere, que me parece un detalle sobre el que deberíamos pensar un poquito; y la segunda, que no es posible que el mismo Dios haya hecho a Nuria Roca tan perfecta y a mí tan mal, que parece que haya quedado el segundo en una pelea de hachas.

¿Cómo es Nuria Roca? Pues Nuria es como los pimientos de Padrón: imprevisible. Lo mismo te anuncia en la tele una crema anticelulítica que te hace en su casa un arroz al horno que te chupas los dedos. Otra de sus virtudes innatas es la de darle la vuelta a todo con una sonrisa. Nuria es capaz de decir que el dolor de espinillas es un buen método para encontrar muebles en la oscuridad, y nadie se lo discute, porque ese es otro de sus talentos: su capacidad angelical para convencer sin discutir. Más vale que Nuria no se empeñe en que hagas algo, porque lo haces de cabeza. Estoy seguro de que Nuria podría convencer a un señor de que montase un potro salvaje en pleno ataque de hemorroides. Y el señor reventaría su ano contento.

Cuando yo la conocí, Nuria era la inocente presentadora del *Waku, Waku.* A todos nos encantaba verla repartiendo Nicolasillos y preguntándonos cosas como: «¿Qué va a hacer la rana globo para espantar al escorpión estrábico?». Y siempre te sorprendía. De repente, la rana globo, en vez de hacer el globo, aspiraba sus propios ojos y se los escupía, sin piedad, al escorpión estrábico, que, ante el espectáculo, fallecía de vergüenza ajena. Fue después de ver esto cuando le propuse hacer el *Consultorio Sexymental.* Ella me miró con esa cara que sabe poner Nuria de «yo no he roto un plato en mi vida», y me dijo: «Contigo, sí». Yo absorbí mis ojos hacia dentro e intenté escupírselos, pero me hizo reír a destiempo y se me salieron por la nariz.

Al principio, en el *Consultorio,* era muy difícil saber cuál era su límite, de modo que yo me comportaba como los niños pequeños, que se ponen a tirar cosas al suelo para comprobar hasta dónde llega la paciencia de sus padres. En la selección de las cartas siempre incluía alguna más fuerte, a ver qué tal la encajaba. Un día le di una carta en la que una chica le contaba que fingía los orgasmos con su chico, con tan mala suerte que él la había pillado. Nuria, ante la mirada perpleja de todos, le enseñó a esa chica, y a todas las demás chicas del planeta Tierra, a fingir un orgasmo como Dios manda… Después de aquello, tres del equipo se fueron al baño, yo no me podía levantar y el técnico puso la publicidad con los dos brazos en alto. Ese día me di cuenta de cuál era el límite de Nuria: ¡Ninguno!

En otra ocasión me avanzó que iba a aprovechar cualquier carta para contar cómo se hacía la penetración blanda… «¿Mande?», dije yo. A lo que contestó: «La *penetración blanda* es una técnica oriental para ayudar en algunos casos de impotencia que consiste en introducir el pene en la vagina cuando está flácido, apretando como si fuese un tubo de pasta dentífrica. Una vez dentro, la pareja se queda abrazada hasta que las respiraciones de ambos se acompasan y, con el calorcito y el movimiento, aquello se alegra y se pone a funcionar. El reto es llegar al orgasmo sin moverte, solo con los movimientos de las dos personas respirando cada vez más agitadamente». Después de esto pensé: «Esta chica o lee mucho o se ha metido en una secta».

Pero no. Es que Nuria es así. Es un poco como Amélie, pero mejorada, porque Nuria le va alegrando la vida a los demás sin ni siquiera proponérselo.

Nuria me ha descubierto muchos secretos de las mujeres. Por ejemplo, que es perfectamente posible que te ligues a una chica, que todo vaya perfecto y que cuando te vayas a ir a la cama con ella te diga que no, dándote cualquier excusa, y salga huyendo, dejándote allí con cara de conejo, cuando la verdadera razón por la que no se ha acostado contigo es que iba sin depilar… ¡Santo Dios! A los hombres, en ese momento, eso nos da igual. ¡Por nosotros como si tienen garrapatas! También me descubrió por qué a veces quieres quedar con una chica el lunes y te dice que no, y el martes, y te dice que tampoco, y el miércoles y el jueves y el viernes, tampoco. Pero si sigues insistiendo y le dices el sábado, entonces te dice que sí. La verdadera razón por la que te ha dado el sí es que ella piensa que si a partir de ese momento está una semana entera sin comer absolutamente nada, el sábado, posiblemente, cabrá en un vestido con el que está monísima. Es evidente, después de esto, que nosotros, a las mujeres, las amamos, las odiamos, las seguimos y las buscamos, pero no las entendemos.

Por eso es importante que, si eres un hombre, leas este libro y lo disfrutes. Porque está lleno de hallazgos que te harán conocer a las mujeres un poco mejor —de paso, también puedes fantasear con que la protagonista de las aventuras que aquí se cuentan es Nuria; de momento, eso no es ilegal—. Y si eres una mujer, te lo vas a pasar pipa con la mirada cómplice y desvergonzada de Nuria —por cierto, si eres mujer, que sepas que cuando los hombres hacemos el amor nos agotamos física y emocionalmente. ¡Dadnos un descanso, por favor! ¡Acabamos de perder tres millones de amigos!

En fin, dejaos de prólogo ya y pasad a la siguiente página. Pronto comprobaréis que Nuria es como las fantasías sexuales: mejora la realidad.

PABLO MOTOS

# 1
# DE SEXO NO SABE NADIE

Llevo cuatro años hablando de sexo en la radio y unos cuantos más desde que empecé modestamente a practicarlo. En la radio tengo la oportunidad de leer cientos de cartas de oyentes que exponen sus dudas sobre sexo. Más o menos disparatadas, más o menos desesperadas, más o menos divertidas, pequeñas o grandes, a la gente le asaltan dudas permanentes en esta materia. Todos los que nos rodean, los compañeros de trabajo, la gente que te cruzas en el *metro,* tus hermanos, tus padres, tus jefes, el de la ventanilla del banco, incluso tus suegros... Todos lo practican más o menos, mucho o poco, o poquísimo, pero todo el mundo alguna que otra vez ha experimentado el estímulo, la emoción y el placer en una relación sexual.

Yo, dentro de lo que cabe, he sido siempre una chica disciplinada, así que desde que mi amigo Pablo Motos me invitó a conducir un consultorio «seximental» en su programa de radio me puse a estudiar esta materia con todo el interés posible. Empecé por concienzudos documentales que trataban el tema de manera académica, muy impersonal. Explicando cada una de las partes de nuestros cuerpos con esos nombres tan horrorosos como perineo, cuerpos cavernosos, uretra, meato urinario, etc., que la verdad te dan tanto conocimiento como pocas ganas. Continué con programas de televisión donde explicaban una y otra vez la manera de introducirse vibradores con una incomparable destreza para no hacerse daño o cómo realizar una felación a tu chico sin clavarle los dientes. A estos programas hay que agradecerles el haber evitado un montón de lesiones desagradables.

Después me puse a leer decenas de libros sobre el tema. Desde los científicos hasta los de autoayuda; estos últimos siempre llevan por título una pregunta que empieza por la palabra «Cómo». Van desde el cursi *Cómo ser muy feliz amándote* hasta el inquietante *Cómo provocar el orgasmo mental,* pasando por el decidido *Cómo follar mucho y bien.* La sexual es, como cualquier otra, una literatura muy respetable.

Después de los documentales, los programas de televisión y los libros, investigué todo lo que pude sobre el cine porno. Pude más bien poco, porque las películas las veía en pareja y a los tres minutos de empezar ya notaba yo a mi chico inquieto, con los ojos como platos, incapaz de continuar mirando a la tele y dispuesto a abalanzarse sobre mí con sus más bajos instintos por todo lo alto. Así que la peli quedaba allí puesta de fondo sin que nadie prestara atención a los alardes de esos actores tan musculosos y tan depilados.

Después de tanta información, de leer cientos de cartas de oyentes del consultorio, de hablar con amigas y amigos, de tratar en la medida de lo posible de descubrir experiencias en primera persona, he llegado a la conclusión de que el sexo le gusta a todo el mundo, pero que de sexo realmente no sabe nadie. Todos tenemos unas nociones básicas sobre el tema, aunque en el sexo, como en casi nada, nadie tiene la última palabra. No creo mucho en los expertos y sí en los que quieren descubrir el sexo cada día para compartirlo con los demás. En eso está inspirado este libro, en experiencias que he compartido con gente anónima, con amigas, con oyentes, con novios míos y de otras, con novias de otros y de los míos. En definitiva, gente que quiere compartir, porque el sexo se comparte.

El sexo es dar y que te den, con perdón.

## 2
# Todo es sexo

No es que yo no piense en otra cosa, pero lo cierto es que siempre te das de bruces con el sexo. Es inevitable. No estoy del todo de acuerdo con Freud en eso de que la fuente principal de nuestras neurosis sean los deseos inhibidos; tampoco con la frase de Woody Allen de que «en el mundo solo hay dos cosas importantes, la primera es el sexo y la segunda no la recuerdo»; ni tampoco comparto del todo la teoría de mi amiga Esther, de la que hablaré mucho en este libro, y que, dando un paso más en el pensamiento de Freud y Allen, asegura que hay que aprovechar cualquier oportunidad, ya que «no hay nada que no se quite con un buen lavado». Mi amiga Esther suele ser así de contundente.

A mí no me parece que el sexo sea para tanto, pero algo de verdad sí que debe de haber en todos esos pensamientos. Quizá la explicación la leí en un estudio que decía que cada día nos cruzamos al menos con diez personas con las que en condiciones idóneas mantendríamos una relación sexual. Sin embargo, no la mantenemos. Se trata de personas que se sientan a nuestro lado en el autobús, nos venden el periódico, nos ponen el café, son nuestros nuevos compañeros de trabajo, van con nosotros en el ascensor... La cifra es inquietante. Diez personas con las que nos acostaríamos y con las que en la mayoría de los casos no pasamos de dos castos besos en las mejillas. ¿Es, por lo tanto, el sexo una fuente inagotable de frustración? ¿Es sano reprimir tanto el deseo? ¿Llevará razón mi amiga Esther?

Habrá que rendirse a la evidencia y pensar que cada una de nuestras acciones tiene que ver con el sexo: coger el autobús, quedar con un amigo que tiene un problema, negociar un contrato, elegir un vestido, quedar con otro amigo que no tiene ningún problema, comprar el pan… Sí, hasta algo tan aparentemente normal como comprar el pan.

Es mejor reconocer que el sexo nos persigue y que de vez en cuando lo mejor es que nos atrape. No digo yo que diez veces al día, porque eso supongo que acabará siendo doloroso, ni tan siquiera diez veces a la semana; pero propongo que diez veces al mes puede ser un número muy interesante de relaciones. Con la misma persona o con personas diferentes, en los mismos lugares o en sitios diferentes. Por ejemplo, en la panadería. Porque, como dice mi amiga Esther, «¿Tú has visto la forma que tienen las barras?».

La vida está llena de provocaciones.

# 3
# LAS NUEVAS GENERACIONES

Dice un amigo mío que las mujeres a partir de cierta edad no deberíamos ponernos arriba. Y si lo hacemos hay que asegurarse de que la luz está apagada o él tiene los ojos vendados. Cualquier mujer que pase de los treinta sabe de lo que hablo, por muy generosa que haya sido con ella la madre naturaleza. Por mucho que se evite, todo se descuelga, hasta la cara. Y desde abajo el panorama debe de ser terrible.

De todas formas cumplir años es una buena cosa, a pesar de necesitar más horas en tratamientos de belleza, que por cierto cada vez son más caros y, sobre todo, más raros. Yo ahora me estoy haciendo uno que debe ser buenísimo: «tratante antiarrugas oxígeno new dream 02 y láser, revitalizante por ultrasonidos, remodelante por succión ultrasónica y revitalizante baja frecuencia con masaje técnica gagna». Cuánto más raras son las técnicas y más complicados tienen los nombres, más ilusión te hacen. A mí me cobraron una vez 120 euros por una crema para el cutis y la dependienta lo justificó explicándome que tenía *superoxidismutasa*. Yo no cabía de gozo según pagaba y no veía la hora de llegar a casa para echármela y quedar resplandeciente con mi *superoxidismutasa*. Luego no fue para tanto, porque aquella crema gelatinosa nunca la absorbía la piel y te dejaba la cara pringosa. Al salir del baño con ella puesta mi chico me terminó de hundir al decirme: «¿No te has pasado un poco con la Nivea?».

A pesar de los estragos que la gravedad hace en nuestro cuerpo, con la edad mejoramos en casi todo. Sabemos más, disfrutamos más, somos más conscientes de nuestros actos. En lo profesional, en lo personal y, por supuesto, en el sexo. Aun así nos quedan muchas cosas por aprender y puede que, aunque nos creamos muy listas, todavía podemos aprender de las nuevas generaciones.

Una amiga me invitó con otros amigos a pasar un sábado en su chalé de la sierra. Tomamos el sol, nos bañamos en la piscina, preparamos una paellita y comimos en el jardín con un montón de jarras de tinto de verano. Todo transcurría normal hasta que se levantó de la cama a eso de las cuatro de la tarde el hermano pequeño de mi amiga, que había salido la noche anterior. Con total normalidad se unió a nosotros y se comió un plato de paella sobrante. Dieciocho añitos había cumplido la criatura hacía quince días y, según su cuerpo y lo que se intuía tras el bañador, aquel chico ya había terminado de crecer. Desde el principio se quedó conmigo, pero yo, que por muy poco no le doblaba la edad, no reparé mucho, salvo en el bulto del bañador en el que era imposible no reparar. Él a mí no me quitaba ojo de ninguna parte de mi cuerpo sin ningún tipo de disimulo y ese descaro me encantaba. Sentirme deseada por aquel chico que se tiraba en bomba a la piscina me reconfortaba, me hacía sentir más joven y hasta estuve a punto de hacerme un par de coletas al salir del agua. Eso me pareció excesivo. En un momento, mientras la mayoría de invitados improvisaba una timba de cartas en el jardín, coincidimos él y yo solos en el interior de la piscina. Poco a poco se fue acercando y en cuanto tuvo la oportunidad comenzó a tocarme el culo debajo del agua. Yo, que estaba bastante excitada y que sabía que por un par de semanas aquello ya no era delito, me dejé hacer. Las nuevas generaciones son mucho más avanzadas de lo que éramos nosotros y aquel chico me dio la oportunidad de comprobarlo. Yo estaba dentro del agua mirando hacia el jardín apoyada con los brazos en el bordillo y él detrás de mí. Después de tocarme el culo, me bajó las bragas del biquini y empezó a meterme mano. No sigo con más detalles porque este libro no es pornográfico, pero lo que ese muchacho hizo después en el cuarto de la depuradora no podía yo pensar que lo sabría un chiquillo de esa edad. ¡Joder, qué guarros son los niños de ahora!

Su hermana, que es mi amiga y tiene más o menos mi edad, fue la que me abrió definitivamente los ojos sobre esta nueva generación cuando sacó el tema días más tarde.

—¿Qué tal con mi hermano?

—¿Con tu hermano? —dije cortada.

—No te hagas la tonta, que lo del cuarto de la depuradora se oía desde la casa de al lado.

—Es que…

—No te disculpes; si ya sabía yo que iba a pasar. Cuenta, cuenta.

—Pues que es muy guarro.

—Igualito que sus amigos. Son los nuevos tiempos.

—¿Sus amigos?

—Sí. Yo ya me lo he hecho con cuatro. ¡Las cosas que hacen esas criaturas!

—No me lo recuerdes.

—Aquí vienen todos los sábados a ver qué pescan con las «maduritas amigas de tu hermana». Así nos llaman.

De repente me imaginé las conversaciones que tendrían entre ellos sobre nosotras y me dio un poco de vergüenza, pero lo debí superar pronto porque me pasé algún sábado que otro por aquel chalé al que bauticé como «Villa Testosterona». Poco a poco se fueron sumando otras amigas de mi edad y más mayores que nos fuimos empapando —no se me ocurre un verbo más apropiado— de la sabiduría de las nuevas generaciones. Después de ver cómo se lo montaban aquellos jóvenes, todas tomamos como lema una frase de Woody Allen: «El sexo solo es guarro si se hace bien».

# 4
# La convivencia

Al margen de la gastroenteritis o hablar del problema vasco, lo que más te quita las ganas de hacer sexo es la convivencia. No toda, no siempre, pero hay veces que la convivencia es radicalmente incompatible con el deseo sexual. Pasar muchos años con la misma persona nos va descubriendo esas facetas de nuestra pareja más oscuras, más primitivas, un modo de hacer las cosas que no imaginábamos que tendría el día que nos quedamos prendadas de él. No creo que la convivencia nos cambie; es que nos descubre tal y como somos. Y eso no siempre es del todo estimulante. No me gustaría caer en tópicos sexistas al establecer en este sentido demasiadas diferencias entre hombres y mujeres. Al fin y al cabo, todos tenemos nuestras miserias y tarde o temprano quedan en evidencia al estar permanentemente bajo el mismo techo. Sin embargo, tengo la sensación de que en el caso de los hombres es un poco peor.

La convivencia les produce falta de memoria, la falta de memoria les lleva a la dejadez, la dejadez desemboca en abandono, el abandono en desidia y la desidia en tragedia. Esta cadena se repite en un montón de acciones cotidianas, pero tomemos como ejemplo el simple hecho de ir a hacer pis. Al principio de la relación los hombres suben las dos tapas de la taza, apuntan para que el líquido entre en su totalidad en el interior del inodoro, terminan, se la guardan, bajan las dos tapas, tiran de la cadena y se lavan las manos con jabón. Incluso he conocido a algunos que se la limpiaban con papel antes de guardársela, pero de estos muy pocos, la verdad. El caso es que el deterioro de una relación queda reflejado en cómo el hombre va variando su forma de hacer pis. Recordemos el triste proceso de pérdida de memoria, dejadez, abandono, desidia y tragedia. Lo primero es la pérdida de memoria al olvidarse casi siempre de cerrar la tapa cuando termina; más tarde llega la dejadez cuando no solo se olvida de la tapa: tampoco tira de la cadena. El abandono es la etapa en la que no solo no cierra la tapa al acabar, sino que olvida abrir las dos al empezar, dejando además la constancia de que ya no apunta nada bien. Este momento es especialmente doloroso cuando llegas tú después y o lo limpias o te pones a hacer equilibrios como cuando estás en el bar de una gasolinera. La desidia llega en ese momento tristísimo en el que a mitad de la acción va y se tira un pedo que acompaña además con alguna palabra carente de sentido como ¡anda! o ¡ahí va! Y aún puede ser peor: la tragedia. Ese momento en el que después de hacer la mitad del pis fuera, de no tirar de la cadena y de tirarse un pedo, en el momento de guardársela se moja la mano de pis y observas alucinada cómo se limpia las gotas en el pantalón. Se acerca a ti y te dice: «Hasta luego churri, que llego tarde al curro».

Mucho antes de llegar a ese extremo es el momento de salir huyendo, porque esa relación es totalmente insalvable. No te engañes, pues lo que queda por llegar será aún peor.

La convivencia es la muerte del deseo, pero como no aprendemos, una relación tras otra caemos en el mismo error, pensando que esta sí será diferente, que este chico tan atento no acabará limpiándose las gotas en el pantalón y que esos ronquidos son porque está constipado y en unos días podrás dormir en silencio. Algunas veces, cuando llegamos a comprobar que la convivencia nos está desgastando demasiado, tenemos la tentación de romper, y si lo hacemos iremos repitiendo lo andado con uno y con otro. Así hasta que llega a nuestras vidas el que consideramos el definitivo, el hombre de nuestra vida. Entonces queremos avanzar en la relación y decidimos, como si percibiéramos no sé qué llamada de no sé qué reloj biológico, que queremos ser madres. Y nos quedamos embarazadas y parimos a un niño precioso, o no tan precioso, porque puede parecerse a la familia de él, y nos metemos en un mundo de pañales y talco, de lloros nocturnos y biberones. Ese es un momento de total ausencia de deseo, de ni tan siquiera recordar lo que es y de pensar que jamás lo volverás a tener. Es un momento, el de los bebés y el sexo, que merece una reflexión aparte y que tendrá un tratamiento aparte en próximos capítulos.

# 5
# La inocencia

Una vez pillé a mi novio con otra mujer en la cama. Y no veas si lloré. Qué joven era.

Fue igual que en las películas. Yo llego antes de tiempo, abro la habitación y veo a aquella tía encima de mi novio gimiendo; pego un grito, ella pega otro más grande, mi novio dice todo seguido «mecagoenlaputa», yo me quedo inmóvil sujeta del pomo de la puerta, la tía sale corriendo de un lado a otro de la habitación buscando sus bragas y preguntando histérica que quién era yo. Mi novio salta de la cama tapándose sus partes con las manos y en ese momento de su boca sale una frase originalísima: «Tranquila, cariño, que te lo puedo explicar». La chica seguía sin encontrar sus bragas y yo seguía agarrada al pomo de la puerta. Mi novio continuó igual de brillante: «Cariño, esto no es lo que tú piensas». Parece mentira, pero juro que lo dijo. Yo estaba a punto de desplomarme, las piernas se me aflojaban viendo aquella escena, cuando descubrí lo peor, la humillación más extrema que se puede vivir, eso al menos creía yo por entonces que no había vivido casi ninguna humillación. Mi novio no me estaba dando explicaciones a mí, sino a la chica sin bragas. De repente, se abraza a ella, los dos desnudos, y le dice mientras me miran que con esa chica —esa era yo— ya había terminado hace tiempo, pero que seguía teniendo la llave de su casa; que era muy pesada y que no había manera de quitársela de encima. Mi juventud se notó más que nada en mi manera de contestar entre sollozos: «Malo, que eres muy malo», y salir corriendo.

La inocencia no es nada buena, porque te hace sufrir innecesariamente. Tengo la sensación de que si eso me pasa ahora, en lugar de sollozar, me entra la risa. Y no es que esté tan de vuelta para que no me importe ver cómo mi pareja me la pega con otra; es que de no haber sido tan ingenua hubiera comprendido que aquella relación con aquel tipo al que yo consideraba mi novio era exclusivamente sexual. Él quería solo sexo, mientras yo debía estar buscando al padre de mis hijos.

La inocencia se pierde en el momento que sabes descifrar a qué tipo de relación te enfrentas y a disfrutarla tal y como es. Sin aditivos, sin confundir un polvo con un romance o a estar excitada con estar enamorada. No siempre es lo mismo. Yo diría que casi nunca es lo mismo. Tengo la sensación de que las mujeres nos pasamos buena parte de nuestra vida teniendo que justificar nuestro deseo sexual mezclándolo con otras cosas como el enamoramiento, el amor, el romanticismo. Qué pesadas, cuántas cosas nos perdemos cuando somos así de jóvenes. Yo misma, ahora recuerdo a aquel novio mentiroso y me pongo contenta. La verdad es que aquel tío se lo montaba de maravilla en la cama; además, era guapo; qué digo guapo, estaba buenísimo: qué torso, qué abdominales, qué bien acariciaba siempre el lugar exacto, de la manera perfecta y en el momento preciso, también con las manos. Además, estaba muy bien dotado, y lo que aguantaba, y lo que sabía, y ese tatuaje en el culo, y qué culo. Y yo creyendo que lo que estaba era enamorada.

La inocencia lo confunde todo.

# 6
# Los gimnasios

El vestuario masculino de un gimnasio es, según dicen los estudios más prestigiosos sobre sexualidad, uno de los lugares en los que las mujeres tenemos más fantasías sexuales. Por cierto, quién hará este tipo de estudios que estudian cosas tan evidentes.

Yo en los vestuarios masculinos, desgraciadamente, no he podido entrar, aunque me gusta imaginármelos. Por ejemplo, el vestuario de un equipo de baloncesto, o de la selección de waterpolo, con todos esos chicos tan bien hechos, tan jóvenes, a los que supongo llenos de energía y vigor. Quince tíos estupendos, tal y como su madre los trajo al mundo, hablando unos con otros como si tal cosa, mojados después de la ducha, con su pelo alborotado, secándose con una toalla cada parte de su cuerpo. Así me los imagino yo, y me da muchísima alegría ese pensamiento cuando me quedo sola conmigo misma.

El vestuario de chicas es otra cosa. Las mujeres entre nosotras no nos comportamos de manera tan natural, tan desinhibida. Nosotras nos miramos unas a otras los cuerpos buscando defectos, y cuando encontramos los de las demás nos sube la autoestima. Si la de la taquilla 18 tiene mucha celulitis, parece como que una tiene menos, y si descubrimos que a la rubia esa tan hortera se le están cayendo las tetas, las nuestras parecen más firmes.

Lo malo es que esa fingida seguridad se desmorona de la misma manera que las tetas de la rubia hortera cuando aparece en el vestuario la típica *superwoman* que o nació en el gimnasio, o el ejercicio le cunde más que a nosotras, a juzgar por el cuerpazo que tiene la muy…

Que digo yo que con ese cuerpo no sé para qué va al gimnasio, si ya lo tiene todo hecho. Va nada más que para fastidiar, la muy…

Esas mujeres se exhiben por el vestuario, se pasean desnudas de un lado a otro, caminan hacia la ducha muy despacio con la toalla en la mano; después se pasan media hora dándose crema hidratante en los pechos y en el culo, mostrándonos a las demás que no tienen ni un gramo de celulitis, que tienen todo en su sitio, que no se les cae nada. No las puedo soportar a las muy…

El resto fingimos que no nos hemos fijado en ellas, que seguro que son tontas y que pasan mucha hambre para estar así, que tampoco es para tanto y que si nosotras nos machacáramos tantas horas en el gimnasio estaríamos igual que ellas, o incluso mejor. Así que no sé de qué van. Las muy…

En los gimnasios, además de vestuarios, hay más cosas, como máquinas de pesas, bicicletas estáticas, máquinas que no sé para qué sirven y cintas para correr. En los gimnasios hay todo tipo de personas que van a hacer todo tipo de cosas. He visto a señores cerrar negocios importantes, hay aspirantes a actores que se promocionan, modelos preparándose para el próximo *casting,* e incluso gente que va allí a hacer ejercicio. La mayoría, sin embargo, creo que va a ligar. Es como un bar de copas, pero en sano. La gente dedica más tiempo a arreglarse para ir al gimnasio que para salir a cenar. Ellas con sus mallas y sus *top* perfectos, ellos con su camiseta dos tallas menos para marcar bíceps y pectorales. Entre pesa y pesa, ¡uy, mira cómo me doblo!; entre abdominal y abdominal, ¡uy, mira cómo me estiro! Como en cualquier discoteca, hay miradas de seducción, caiditas de ojos, sonrisitas cómplices. Todo va bien, hasta que se cruza por el medio alguna de las típicas *superwomen,* que desvían todas las miradas y hacen que el chico ese tan mono te ignore por completo. Las muy...

Para no sufrir este tipo de incómodas rivalidades, te das un lujo que habitualmente no puedes permitirte y decides contratar un carísimo entrenador personal que vaya a tu casa a explicarte los ejercicios y, lo que es mejor, a ayudarte a hacerlos de la manera adecuada. Ese es el colmo de las fantasías sexuales femeninas, en cuanto a las deportivas se refiere: un deportista en casa, un entrenador solita para mí. No sé si podré contenerme. Como el salón es mínimo, llevas casi todos los muebles a la habitación para hacer los ejercicios sin apreturas y sacar todo el partido que sea posible a esa hora que, queda dicho, cuesta una fortuna. Tú te has puesto monísima para hacer gimnasia, con tus mallas y tu *top,* cuando el entrenador llama al timbre. Fantaseas sobre el pedazo de hombre que habrá detrás de la puerta y la cantidad de cosas que vais a hacer en la próxima hora, que recuerdo que vale una pasta. Te miras una vez más en el espejo de la entrada, compruebas que sigues estando monísima y abres. Y se te viene el mundo encima. El entrenador es un tío casi enano, musculado como un *geyperman,* totalmente depilado, totalmente calvo y totalmente gay. Así que pasas la siguiente hora, que cuesta un dineral, haciendo flexiones y hablando de hombres con ese tío tan bajito y tan ancho.

Estoy valorando muy seriamente dejar definitivamente el deporte.

# 7
# TENGO UNA CITA

Por fin he quedado con el chico que me gusta. Desde que vino a trabajar aquí llevamos dos meses tonteando en el pasillo, en la máquina de café, en el ascensor, en la pausa para el cigarrito. Dos meses preparando el terreno para un encuentro que irremediablemente tenía que producirse.

La cita es el próximo viernes y solo tengo dos días para los preparativos. Depilarme, manicura, pedicura, elegir lo que me pongo —que no tengo nada y habrá que comprar algo—, limpieza de cutis, pruebas de peinado, pruebas de maquillaje, dejar de comer inmediatamente y esperar que este maldito grano que empieza a despuntar en el centro de la nariz no vaya a más.

Lo primero es ir de compras y elegir un modelazo que tire de espaldas, algo sexy, pero elegante. Así que por esta vez nada de Zara, que un día es un día. Me voy de compras al barrio de Salamanca y después de visitar veinte tiendas por dentro y el escaparate de otras doscientas, por fin doy con la mía. Y encuentro el modelazo, que consiste en unos vaqueros ajustadísimos, que me quedarán mejor con dos kilos menos, que serán los que pierda de aquí al viernes con un poco de fuerza de voluntad y una dieta a base de ensalada de canónigos. Arriba, un *top* de seda a rayas horizontales de color verde que no es ni corto, ni largo. Que no parezca que quiero enseñar demasiado, pero que no vaya a pensar que quiero ocultar algo. Cuando ya estaba en la caja a punto de pagar el pastón que valían el *top* y el pantalón, mi vista se fija en una esquina de la tienda en la que hay una cazadora vaquera verde que me produce esa sensación de felicidad e ilusión que sentimos las mujeres por una prenda cuando nos ponemos frívolas, que en mi caso es casi siempre que voy de compras. Ya tengo pantalón, *top,* cazadora, y cuando salgo de la tienda, justo en la esquina, una zapatería con unas sandalias espectaculares de diez centímetros de tacón, y enfrente mismo un escaparate con un conjunto de ropa interior haciéndome imaginar que con él puesto seré absolutamente irresistible. Total, que el *top,* el pantalón, la cazadora, los zapatos y el conjunto le han dado un mordisco a la Visa del que tardaré en recuperarme medio año.

Por fin es viernes y solo faltan cuatro horas y media para la cita, así que habrá que empezar a arreglarse. Antes de ducharme, me pruebo los pantalones para descubrir sobre el terreno los avances que han hecho en mi cuerpo tantos canónigos, y descubro que esos maravillosos vaqueros que me parecieron ideales en la tienda me hacen un culo horrible, aplastado, y en los muslos me salen dos bultos que en el probador no tenía. Comienza la desesperación. Saco del armario otro pantalón, y luego otro, y luego todos. Y no me convence ninguno, y el que me convence no pega con el *top* de rayas, así que busco otro *top* y tres camisas y seis jerséis, que nunca combinan como debieran con la cazadora verde, ni con las sandalias, ni con nada. Encima de mi cama hay una montaña de ropa y yo empiezo a desesperarme. Voy a ducharme.

Enfundada en mi toalla comienzo a hacerme el pelo con mi secador ultrapotente y mi cepillo alisador. Después de diez minutos dale que te dale, algo no va bien en el flequillo en general y con esa maldita onda en particular que es imposible de quitar. Con el maquillaje habrá que lucirse, porque, como era de esperar, aquel grano de la nariz que hace dos días era una promesa hoy es toda una realidad, y además le acompañan otros dos más, uno en cada lado de la barbilla. Si los uniera con una línea imaginaria obtendríamos un perfecto triángulo equilátero.

No sé en qué se habrá ido el tiempo, pero son las diez y cuarto y ya llego tarde. Así que me pongo lo primero que me iba a poner y salgo con mi culo aplastado y mis dos bultos a toda leche hacia el restaurante.

Él está esperando en una mesa apartada y me recibe de pie con dos besos. Parece pronto, pero nada más verle me pongo como una moto. El camarero trae la carta y empieza a enumerar todas las entradas posibles. Cuando termina la lista, yo digo la frase que decimos todas las mujeres en nuestra primera cita:

—Yo, la verdad es que no tengo mucha hambre.

Llevo dos días a base de ensalada de canónigos y me muero por un chuletón con patatas fritas. Sin embargo, pido lo que las mujeres, no se sabe bien por qué, creemos que hay que pedir en la primera cena con el tío que nos gusta:

—Yo, si eso, voy a tomar un pescadito.

De todas formas, ese ejercicio de contención queda en evidencia cuando, antes de que el camarero haya apuntado los platos, yo me he comido a pellizcos tres bollos de pan de los cuatro que había en la cestita.

Me cuesta controlarme después de la primera copa de vino, y mientras habla pienso en todo lo que le haría y sobre todo lo que me dejaría hacer. Qué calor. Además, después de dos días con el estómago medio vacío, el vino hace un rápido efecto y a media cena me doy cuenta de que alguna risa a destiempo se me empieza a escapar incontrolada. Él tiene una conversación interesante, pero yo más bien estoy pensando en lo mío. Y lo mío es que tengo un calentón más propio de una adolescente que de alguien tan contenida como yo que soy capaz de comerme un pescadito a la plancha estando muerta de hambre. Ha caído la botella entera, él pide la cuenta y yo estoy completamente eufórica. Será el vino, los canónigos o la mirada de este tío lo que me tiene desatada, pero yo no aguanto más.

—Conozco aquí cerca un sitio fantástico para ir a tomar una copa —me propone mientras firma la nota.

—Yo quiero ir al servicio —respondo.

—Vale, te espero —dice él.

—No quiero que me esperes, quiero que vengas.

—¿Adónde?

—Al servicio.

—¿Qué?

En ese momento me asusté de mí misma. Le estaba proponiendo a un tío en mi primera cita que fuéramos al servicio de un restaurante a echar un polvo. Yo jamás había hecho eso.

Después de unos segundos de un silencio cortante:

—¿Que qué has dicho? —insistió él.

—Nada.

—Ven conmigo.

Se levanta de la mesa, me coge de la mano y me lleva con una seguridad irresistible por un estrecho pasillo camino de los servicios. Llegamos, abre la puerta del de chicas y nos metemos en un váter. Yo no sé si ese tío se pasaba la vida haciéndolo en los servicios, pero tanta destreza en un espacio tan reducido no es normal. Mi excitación era bastante animal, así que me dejé de ñoñerías y me dejé llevar. Aquello no duró demasiado, porque él no duró demasiado y porque yo duré aún menos. Bastaron cinco minutos para disfrutar de una de las relaciones sexuales más intensas que jamás he tenido.

Después pasamos la noche en un hotel, aunque ya no fue lo mismo. Quedamos un par de días más, pero tampoco fue lo mismo. Al poco tiempo le ofrecieron un trabajo en Argentina y desapareció sin dejar rastro.

Transcurrido el tiempo de aquella relación solo recuerdo aquellos cinco minutos en aquel servicio. Y los recuerdo orgullosa por haber podido hacer sin complejos justamente lo que me apetecía, salvo comerme el chuletón con patatas fritas.

Ahora tengo claro que siempre me como lo que me apetece.

# 8
# La dependienta del «sex-shop»

Fui con una amiga a La Juguetería, un *sex-shop* que nos recomendaron, y como conclusión he de decir que me puse como una moto en ese lugar. Al principio iba tensa, porque cuando tienes cierta popularidad vas un poco con miedo a que te reconozcan en algún lugar comprometido. Sobre todo ahora, tal cual están las cosas con los programas del corazón —pero ese es otro tema del que os cuento más tarde—. Nada más entrar por la puerta, la dependienta, una negrita brasileña muy simpática, muy pequeña y muy guapa, se nos acercó y nos invitó a que tocáramos todos los objetos de las estanterías. Después de un ratito mirando aquellas monerías de plástico, mi amiga y yo comenzamos a relajarnos y empezamos a tocar sin tanto pudor aquellas pollas ficticias. La dependienta brasileña, que desde el principio nos había tomado por una pareja, se acercó a nosotras con un vibrador en la mano.

—Toca aquí —me dijo, señalando un vibrador chiquitito con forma de supositorio.

—No, si yo he venido para documentarme para un libro que estoy escribiendo —respondí.

—Sí, claro. Pero toca aquí.

Puse mis dedos en la punta de aquel pene, que comenzó a vibrar como un abejorro.

—Este es ideal para estimular el clítoris…

Desde ese momento la dependienta brasileña comenzó una visita turística por el *sex-shop* que para mí fue uno de los discursos eróticos más excitantes que he escuchado en mi vida. Tanta naturalidad en la explicación de aquella negrita tan sensual era impactante.

… mirad este otro, que es para el punto G; o este que te va a servir para estimularla analmente… Tengo esta crema de frío-calor que os aseguro que es fantástica. Póntela en los labios y verás lo que sientes. Ese ardor, mezclado con el intenso frío que ahora sientes en la boca, imagínatelo en el clítoris. Además, se puede chupar sin ningún problema, que sabe a menta… Pasad a este cuarto, que os voy a enseñar unas esposas por si queréis jugar más duro…

Así siguió un rato, y cada vez que hablaba, dando por hecho que éramos pareja, yo me iba excitando más y más. Miré a mi amiga y descubrí que ella estaba igual. De repente me cogió la mano, creyéndose el papel de pareja que estábamos interpretando, y yo acepté encantada.

—Nos llevamos la crema y el vibrador grande —dijo mi amiga, tomando claramente la iniciativa.

—Suerte con el libro, y sigue documentándote —me dijo la dependienta.

—A eso vamos —contestó mi amiga con un descaro desconocido para mí.

A la salida del *sex-shop* caminamos un rato por la Gran Vía. Al llegar a la puerta de un hotel mi amiga se detuvo.

—¿Te has acostado alguna vez con una mujer? —me preguntó.

—Yo no, ¿y tú?

—Claro. A mí me gustan las mujeres; ¿y a ti?

—A mí no, pero fantaseo con ellas.

Me cogió de la mano y subimos a una habitación de aquel hotel de la Gran Vía, donde tuve mi primera experiencia lésbica. Mi amiga sabía mucho de mujeres heterosexuales que fantaseaban con otras mujeres. Se notaba que por su cama habían pasado unas cuantas y conocía perfectamente lo que me apetecía, mis dudas, mi nerviosismo y mi excitación. Esa era evidente. Me dijo: «Déjate llevar», y eso hice. Fue fabuloso, diferente; me gustó.

Mi amiga aseguraba que todas las mujeres tienen fantasías lésbicas, y las que no las tienen no están vivas. Ella sabrá.

Por cierto que no llegamos a utilizar ni la crema ni el vibrador. Al terminar me los llevé a casa y ahora cada vez que los veo me acuerdo de mi amiga y de la dependienta. A esa chica habría que subirle el sueldo.

# 9
# Por la mañana da mucho gusto

Las relaciones sexuales que se tienen por la mañana no son como para presumir, pero dan mucho gusto. Para mí el gusto, o el gustito, es una variante del placer, pero no es exactamente lo mismo. El gusto, o el gustito, no tienen menor categoría que el placer; son, simplemente, sensaciones menos pretenciosas. Para lograr placer necesitas más ingredientes, ciertos preliminares, una atmósfera adecuada, una predisposición para que el acto vaya a más y termine de manera satisfactoria. Esa es la clave: terminar bien. En definitiva, el placer tiene que ver con el final de las cosas, porque no es posible obtener el máximo placer si te quedas a medias.

El gusto, o el gustito, es otra cosa. Para que algo te dé gusto, o gustito, no es necesario que haya un final especialmente brillante, ni tan siquiera unos preliminares demasiado delicados. Basta con disfrutar del momento, del roce, de lo húmedo que comienza a ponerse todo. El placer tiene una meta. El gusto, o el gustito, es el camino.

En el sexo matutino no hay que tener muchas expectativas. Los cuerpos están algo entumecidos después de varias horas de reposo y no es bueno el ejercicio brusco. Y si el cuerpo no está para hacer alardes, de la cara mejor ni hablar. Llena de rayas, que parece que hayamos dormido en sábanas de pana. Los ojos hinchados, que no se pueden abrir; la nariz tapada, que casi no se puede respirar; te estás haciendo mucho pis y no puedes hablar de lo pastosa que tienes la boca:

—Espeda, cadiño, que voy ad baño y ahoda vuedvo.

En el baño haces pis, te lavas los dientes, te suenas la nariz y vuelves al dormitorio, donde él espera en actitud provocativa, con sus ojos hinchados, su pelo pegado por los lados de la cabeza que le hace ser enteramente un pepino y con un esquijama gris completamente dado de sí. Tú tampoco estás para un desfile, porque para dormir no te vas a poner un tanga sugerente, sino esas bragas tan cómodas color carne y tu camiseta de Le Coq Sportif, que te compraste cuando Le Coq Sportif estaba de moda en 1988.

Total, que te metes en la cama y haces un poco lo que puedes, lo que poco a poco te vaya pidiendo el cuerpo a medida que se vaya poniendo a tono. Sin excentricidades, un misionero correcto, sin demasiada ostentación, sin orgasmos múltiples, ni fuegos artificiales, ni pasión desatada, ni falta que hace. A las ocho de la mañana no tienes el cuerpo para fiestas, así que yo lo único que busco es que me dé gusto, o gustito. Así paso el día mejor, más contenta y capaz de hacer más cosas. Este es, sin ir más lejos, el primer capítulo que he escrito antes de las once de la mañana.

Qué gusto que te salgan bien las cosas.

# 10
# El tamaño

El tamaño es importantísimo. Es una cuestión de centímetros y de valoración. Cuando una mujer opina sobre el tamaño del pene de un hombre ha de tener un cuidado extremo. Cualquier valoración que él pudiera interpretar como insuficiente puede ser fatal y causarle un trauma que llevará consigo el resto de sus días. A mí me pasó algo así con un chico y provoqué una crisis que con el tiempo acabó con nuestra relación. Aquel tío tenía mucho éxito entre las mujeres, se le notaba, y además lo decía abiertamente con una especie de ausencia de modestia que me encantaba. Contaba mil historias con mujeres, y lejos de parecer el típico fantasma, parecía más bien que se quedaba corto. No era especialmente guapo, pero era absolutamente irresistible. Cuando le conocí en una cena con amigos comprendí exactamente una frase que mi amiga Esther me decía de algunos hombres y que hasta entonces no entendía del todo: «Hay hombres que tienen cara de saber muy bien comerse un coño». Mi amiga siempre tiene reflexiones de una enorme profundidad. El caso es que hablando con él durante los postres no se me iba de la cabeza la frase de Esther, con el consiguiente acaloramiento corporal. Finalmente, no pudo ser aquella noche, pero tuve la oportunidad de comprobar que mi amiga llevaba razón semanas después. Tenía cara de lo que era, un buen amante, de esos hombres que transmiten que les gusta mucho lo que hacen y por eso lo hacen tan bien. Sabía cómo hacerte sentir deseada, daba mucha importancia a todos los detalles en la cama y se notaba mucho que tenía abundante experiencia. Respecto al tamaño, he de decir que la tenía normal. Un tamaño suficiente; sin ser un superdotado, aquello dentro de mi experiencia estaba más o menos en la media. Eso sí, era muy bonita. Habitualmente a las mujeres los penes no terminan de gustarnos hasta que vamos teniendo experiencia y acabamos por acostumbrarnos a sus formas, texturas, colores, tamaños... Pues bien: la de aquel chico era muy bonita, larga, brillante, oscurita —que no soporto las blanquecinas—, no demasiado gorda, pero tampoco un pirulí. O sea, el pene perfecto para mí. Sin embargo, después de tres meses de relación, un día cometí un error garrafal, que nunca más volveré a cometer y que supone el peor agravio para un hombre: no valorar con suficiente entusiasmo el tamaño de su pene.

Una noche, después de echar un buen polvo, me dice, señalándose su miembro:

—¿Qué?, ¿no me dices nada?

—¿De qué?

—Pues de… esto. Que nunca me dices cómo la tengo.

—¿El qué?

—¡Joder, mi polla! Que nunca me has dicho que la tengo grande.

—¿Grande? Eh, sí. Sí que está bien, bueno. Dentro de lo que cabe, sí. Puede decirse que es grande. Pero es muy bonita.

—¿Bonita?; que no es un bolso, que es mi polla.

Lo de bonita le molestó una barbaridad, y desde ese día aquel tío no volvió a ser el mismo, al menos conmigo. Comenzó a comportarse en la cama de una manera extrañísima, como imitando a los actores porno. Sobreactuando de una manera cansina. Gritaba un montón, hacía posturas absurdas, aguantaba sin terminar hasta ponerse pesado. Se miraba en el espejo del armario y a cada rato preguntaba: «¿Te gusta?, ¿la sientes?, ¿te gusta?, ¿la sientes?». En fin, que convertí a un hombre seguro de sí mismo en una especie de adolescente con la autoestima por los suelos simplemente por no decirle a tiempo que la tenía grande. Al poco tiempo, mientras se esforzaba por poner su última postura después de una hora y cuarto de coito gimnástico, decidí poner punto final a aquella relación de desgaste en todos los sentidos.

No era el caso de aquel chico, pero si tengo que ser sincera, a mí los penes pequeños no me gustan nada. Lo siento si alguien se siente dolido, pero el tamaño para mí sí tiene importancia. Ya sé que científicamente unos centímetros más o menos no tienen ninguna relevancia, pues las terminaciones nerviosas están en la parte exterior de la vagina y, por lo tanto, bastan pocos centímetros para poder proporcionar placer. Eso es verdad, pero los mismos sexólogos que dicen que el tamaño del pene no importa dicen también que el principal órgano sexual es el cerebro, así que a mi cerebro los penes pequeños no le ponen. A otras mujeres no les gustan los muy grandes, a otras los muy curvados, o los muy gordos, o los muy finos. Simplemente es una cuestión de gustos, y yo reivindico que cada una exponga los suyos de manera libre. Las mujeres podemos decir con total libertad que nos gustan los hombres bajitos o altos, más o menos delgados, rubios o morenos, con más o menos pelo en el pecho, con los ojos verdes o marrones. Sin embargo, si dices que alguien no te gusta porque la tiene pequeña cometes un acto indecoroso. Comprobarlo en la próxima cena que tengáis con amigos. Contad primero alguna experiencia en la que dejasteis a algún chico porque no os gustaban las mismas películas, y nadie dirá nada. Luego contad que a otro le dejasteis porque tenía la polla enana, y os verán como una viciosa incorregible. A lo mejor yo lo soy, pero a mí me gustan los hombres independientemente de sus gustos cinematográficos.

# 11
# Despedida de soltera

Las despedidas de soltera son una de las reuniones más patéticas de mujeres que existen, incluidas las de *tupperware* o las de Avon, que, aunque no os lo creáis, siguen existiendo. Las despedidas de soltera, tristemente, también. Yo hasta la fecha tengo dos hermanas, cuatro primas y nueve amigas solteras, y ya saben que si algún día deciden casarse no podrán contar conmigo para su despedida. Y no me valen esas mentiras piadosas de que lo único que vamos a hacer es una cenita tranquila con las amigas y luego a tomar una copita sin más, porque al final vas a acabar en un *boys* con una diadema con forma de polla en la cabeza, rodeada de tías que están fingiendo que se lo están pasando de maravilla. Puede haber excepciones, pero según mi experiencia en las despedidas de soltera nadie se lo pasa bien; la novia, la que menos. Es más, nadie quiere ir nunca a una despedida de soltera. Jamás he oído a ninguna amiga decir: «El viernes tengo una despedida de soltera de una compañera de trabajo y estoy deseando que llegue». Siempre hay excepciones, como las que protagonizan las que yo llamo «amigas entusiastas», que suelen ser dos y que lían a las demás para alquilar un minibús, pintan una pancarta que cuelga en la parte trasera en la que pone «Mari Pili se casa», como si a alguien le importara que Mari Pili se casase, compran caramelitos con forma de polla, reservan mesa en un restaurante hortera con camareros con el torso desnudo y pajarita, y contratan a un *boy* barato que es un ecuatoriano bajito con michelines y un tanga plateado que llega a los postres. Mari Pili, lógicamente, se quiere morir; la mayoría de las amigas, también, y allí están las dos «entusiastas» gritando, con un tanga en la cabeza, como posesas y diciéndole al *boy* ecuatoriano señalándote: «Restrégale el paquete a esa morena *dahí,* a ver si *sanima,* que es *mu* sosa».

Según dicen, las despedidas de soltero son bastante similares, salvo porque ellos, mucho más desinhibidos que nosotras, en lugar de ir a un *boys* a gritar tonterías, se van directamente a un *puticlub* a acostarse con unas cuantas chicas del Este.

A lo mejor, si las de las chicas fueran así, lo mismo me animaba a ir a las de mis hermanas y amigas. Bueno, si fueran así, a lo mejor hasta me volvía a casar yo para celebrar la mía.

# 12
# Viva la cama

Yo no he practicado sexo en un avión, ni en un ascensor, ni en la torre de un campanario. A mí no me parecen lugares muy normales para que surja la pasión, pero, según me cuentan, no es tan infrecuente que la gente haga sexo en estos sitios y en otros aún más raros como la noria o un cementerio. La cosa tiene que ver con el morbo, y está claro que a veces excita muchísimo esa incertidumbre de ser pillados y tener que salir huyendo con el rabo entre las piernas. Eso está muy bien, pero a mí donde realmente me gusta es en una cama. Como mucho, en un sofá, porque cualquier otro sitio me resulta un poco incómodo. Yo he tenido algunas experiencias buenísimas en algún servicio de restaurante, en el cuarto de una depuradora o en el *parking* de un aeropuerto, pero cuando uno sale de la cama para buscar nuevas experiencias puede que la cosa no sea tan gratificante y se corre el riesgo incluso de lesionarse gravemente. No me gustaría utilizar palabras malsonantes para describir nada en este libro, pero no hay ninguna que refleje mejor lo que nos ocurrió a mi chico y a mí un día mientras lo intentábamos hacer en la bañera. Nos pegamos un «hostión» que pudo acabar en tragedia y que finalmente se saldó con una brecha en la cabeza de él y una fuerte contusión en mi coxis, es decir, en mi rabadilla. La cuestión es que él no estaba tan fuerte como creía o yo en realidad no estaba tan delgada. El caso es que él me cogió encima —para que se entienda el verbo en todo su esplendor, digamos que era de Buenos Aires—. Pues eso, me estaba cogiendo con mucha fuerza y muy adentro por la posición y porque el argentino, dicho sea de paso, tenía todo en proporción. Su 47 de pie no sirvió de mucho, porque en un momento dado no apoyó bien y resbaló en una de sus embestidas. Los dos pies se levantaron al tiempo, abalanzándose sobre mí, que estaba allí colgada y encajonada, y caímos los dos sobre mi culo, que amortiguó su cabezazo contra el borde de la bañera. No recuerdo lo que contamos en las urgencias del ambulatorio, pero a juzgar por las sonrisitas de las enfermeras no debió ser una historia demasiado coherente.

La culpa de que sucedan este tipo de cosas las tienen las películas. Allí los polvos siempre salen perfectos. Una pareja practica sexo en un callejón de Manhattan de noche y lloviendo y les sale un polvo perfecto. Prueba a hacerlo en la vida real. Te destrozas la espalda, te mueres de frío cuando te cae la lluvia en las tetas y por supuesto te atracan dos latinos mucho antes de bajarte las bragas. Hablando de bragas, en las películas es muy habitual que una pareja entre excitadísima a un lujoso apartamento en Los Ángeles, cierren la puerta de un portazo, se abalancen sobre la pared, él levante la falda de la chica y, preso de una pasión incontenible, le rompa las bragas con una facilidad extrema. Maticemos. En primer lugar, por qué se tienen que romper las bragas con lo fácil que es bajárselas —sobre todo, para algunas—. Además, cuando sales por ahí te pones unas monísimas que suelen costar 30 euros, y si te las rompen te excitas, pero de otra manera. Por otra parte, romper unas bragas no es tan fácil como sale en las películas. Un chico se pasó tres minutos pegando tirones de las mías y aquello no se rompía de ninguna de las maneras. Se lo llegó a tomar como algo personal y después de los estirones lo intentó a mordiscos como si fuera un perro rabioso. Finalmente tuve que bajármelas y él se sintió un poco frustrado. Las películas mienten mucho.

Por no hablar del típico *striptease* imitando a Kim Bassinger en *Nueve semanas y media,* que si lo has hecho ya conoces el desastre, y si todavía no has caído en ese error, por favor, ni se te ocurra intentarlo. Lo único fácil es poner un CD de Joe Cocker, pero el resto es totalmente diferente. La persiana de la peli no la tienes en tu casa, así que pones un *store* con cenefa; tú no tienes un cañón de luz que te ilumine la silueta, sino un flexo de Ikea que no sabes colocar y que lo único que realza es tu celulitis. A pesar de todo, te lo tomas en serio y te tomas tu tiempo para hacer el *striptease,* tanto tiempo que se acaba la canción de Joe Cocker y estás todavía con el sujetador puesto y una media por quitar. Lástima que en el CD pirateado la siguiente canción al *You can't leave your head on* es *Bulería* de Bisbal. Al escucharla sales del *store* para apagarla y ves a tu chico que te dice un humillante: «Déjalo si eso, cariño».

Yo estoy en una época en la que me gustan las cosas normalitas. Ni bañeras, ni *stripteases,* ni rotura de bragas. No sé lo que me durará, pero al misionero en la cama le estoy encontrando su punto.

# 13
# BAILE DE DISFRACES

Hace poco leí en Internet un relato que daban por falso y que no lo es, porque le pasó casi igual a mi amiga Carla:

> Poco antes de ir a una fiesta de disfraces de *Halloween,* una mujer sufrió un fuerte dolor de cabeza y le dijo a su marido que fuera solo, que ella prefería quedarse en casa. Sin embargo, poco después empezó a encontrarse mejor y decidió ponerse el disfraz (que su marido no conocía) e ir a la fiesta.
>
> Al llegar vio a su marido flirteando con todas las mujeres que podía. La esposa se le acercó, le susurró palabras suaves al oído, lo abrazó y lo arrastró seductoramente hacia el jardín. Poco antes de medianoche, cuando es costumbre quitarse las máscaras, ella se excusó y volvió a su casa.
>
> Su marido no llegó hasta las tres de la madrugada.
>
> —¿Qué tal la fiesta? —le preguntó ella.
>
> —Aburrida —dijo él.
>
> —¿Bailaste mucho?
>
> —La verdad —contestó el marido—, cuando llegué a la fiesta me encontré con Peter, Hill y Fred, que también estaban aburridos, y decidimos meternos en un estudio a jugar al póquer.
>
> —¿Así que estuviste jugando a las cartas toda la noche? —dijo ella, empezando a alzar la voz.
>
> —Sí —contestó él—; por eso le dejé mi disfraz a Charlie, que, por cierto, me ha dicho que esta ha sido la mejor fiesta de toda su vida.

Este era el relato que en Internet daban por falso y que yo doy fe de que es verídico, salvo por algunas diferencias que se producen en la historia que le ocurrió a mi amiga Carla. Cuando ella llegó a la fiesta más tarde que su novio vio a seis tipos vestidos de *Spiderman* e intentó adivinar cuál de ellos era su chico. A primera vista le confundió con otro que, efectivamente, estaba flirteando con todas las chicas que podía. Al igual que en el relato, ella se acercó para «pillarle», le susurró palabras suaves al oído, lo abrazó y lo arrastró seductoramente hacia el jardín. La diferencia es que Carla se dio cuenta de que aquel chico no era el suyo nada más empezar a meterse mano, pero siguió hasta el final y acabó tirándose a aquel *Spiderman* en una habitación del chalé donde se organizaba la fiesta. Le excitaba aquello de no verle la cara a su superhéroe y, según me contó, fue un polvazo maravilloso. Al día siguiente, mientras desayunaban:

—¿Qué tal la fiesta? —preguntó ella.

—Aburrida —dijo él—; ¿tú por qué no fuiste?

—No me apetecía y me quedé tomando unas cañas con Nuria.

—¿La de la tele?

—Sí.

—Esa tía es un poco tontita, ¿no? Y un poco pija.

—Ya empezamos. Es mi amiga, y punto. ¿Me meto yo con el imbécil de tu compañero Marcelino, que es un fantasma?

—Eso es verdad. Un poco fantasma sí que es. Ayer se pasó toda la noche diciendo que se había tirado a una tía que iba disfrazada de *Batwoman.*

—¿Ah, sí? ¿Y él de qué iba vestido?

—De *Spiderman,* como yo. Se ha pasado dos horas contándonos todos los detalles del polvo: que si por delante, que si por detrás, que qué boca, que una salvaje... Ninguno le hemos creído.

—Vaya, vaya con Marcelino.

—¿Y tú qué tal con Nuria?

—Aburrida. Ya sabes, con sus historias de la tele.

—¿Sigue con el programa de los animalitos, no? El cuacua ese de la uno.

—Sí, cariño, sí. Anda, vete a trabajar, que vas a llegar tarde. Y recuerdos a Marcelino.

—De tu parte, amor.

## 14
## Mi editor

Me encantaría escribir el libro y os agradezco que hayáis pensado en mí para hacerlo, pero es imposible porque no tengo tiempo. Muchas gracias.» Esa fue mi respuesta a la llamada de la editorial que me propuso escribir un libro sobre sexo. Sin embargo, me convencieron para asistir a una reunión con algunos responsables de la editorial en la que durante un largo rato me contaron lo maravillosamente que podría hacerlo, lo gracioso que iba a quedar, los muchos ejemplares que íbamos a vender, el prestigio que esto daría a mi carrera como comunicadora y, sobre todo, lo fácil que me iba a resultar, porque, aunque yo no dispusiera de demasiado tiempo, ellos me iba a ayudar en todo lo que fuera necesario. Eso de que «me iban a ayudar en todo lo que fuera necesario» me sonó regular, porque si yo decidía escribir un libro lo debería hacer yo solita, sin ayuda de nadie. Al verme un poco ofendida en mi papel de escritora —con una simple propuesta ya me sentía yo Maruja Torres—, me explicaron que era habitual que a personas con poco tiempo para escribir les echara una mano la editorial para proponer temas, ordenar capítulos, orientar el tono que deberían tener los textos; vamos, nada de particular. En fin, que me convencieron y al día siguiente estaba mi representante en la editorial negociando las condiciones del contrato y yo delante del ordenador escribiendo sobre algunas de mis experiencias sexuales. Suena el teléfono.

—¿Sí?

—¿Nuria?

—¿Qué?

—¿Eres Nuria?

—Que sí. ¿Quién eres? —yo es que por teléfono no soy muy simpática.

—Soy Eduardo, de la editorial.

—¿Te conozco?

—No, pero deberíamos vernos para hablar del libro por si necesitas algo.

—¡Bueno, ya hablaremos! Te tengo que dejar, que precisamente ahora estoy escribiendo.

Qué ilusión me hizo pronunciar esa frase. Tanta que no reparé en lo desagradable que llegué a ser con el tal Eduardo.

No tengo un patrón fijo del tipo de hombres que me gustan. Podría definir con mucha más precisión aquellos por los que no siento ninguna atracción, pero de los que me gustan, esos con los que me iría a la cama si se da el caso, los hay de lo más variado y aseguro que son bastantes.

Sin embargo, hombres que me vuelvan loca hay muchísimos menos; la verdad es que hay muy pocos, y los reconozco en cuanto los veo. Pueden ser guapos, feos, incluso muy feos, pero tienen algo que me descoloca desde el primer instante en que me miran. Cuando eso pasa, la vida es algo que merece mucho la pena.

En una sala de juntas tres mujeres con distintos cargos en la editorial y yo estábamos enfrascadas en una discusión sobre las revistas femeninas cuando un tipo abre la puerta de cristal de la sala.

—¿Se puede?

—Sí, claro, Eduardo —dicen todas—; pasa, que estamos con Nuria.

Nada más escuchar su nombre recordé que era el tipo que me había llamado, y me arrepentí muchísimo de lo desagradable que puedo llegar a ser cuando hablo por teléfono. Me levanté para las presentaciones.

—Nuria, este es Eduardo, nuestro editor jefe. Eduardo, esta es Nuria.

Tuvo la delicadeza de no recordar la conversación de días atrás y se limitó a un formal «encantado de conocerte personalmente».

Eduardo es alto, delgado, moreno, tiene los ojos grandes y verdes, la nariz importante y una mirada tan profunda que retiras la tuya o te abalanzas sobre él para besarle. No hay más opción. Al instante supe que Eduardo no era uno de los numerosos tíos que me gustan: era de los que me vuelven loca. Algunos lo describen como flechazo, otros hablan de química; yo, utilizando una frase de mi amiga Esther, diría que según le vi ya llevaba las bragas en la mano. Filosofía pura.

Qué maravilloso es volverse loca por alguien, qué vulnerable y qué viva estás. Qué extraordinaria sensación cuando intuyes que a él le pasa lo mismo. Tienes ganas de cantar, podrías morirte bailando, estás más guapa que nunca, no te enteras de nada, la sangre viaja a toda velocidad por tu cuerpo, tienes ganas de gritar.

—Sexy —decía una editora—; la palabra sexy debe aparecer en el título.

—Habría que darle una vuelta, que eso es demasiado *light* —decía la de *marketing*.

—Mejor —interrumpió la de ventas— la palabra sexo: debe aparecer sexo. O sexual. Algo que nos ayude a promocionarlo mejor.

—Tú sabrás —asintieron todas, sabiendo que al final son los de ventas los que ponen los títulos.

La reunión concluyó con un calendario de entregas, algunas propuestas para la portada y una planificación previa de lo que sería la promoción. Eduardo escuchó a sus empleadas y a mí casi sin intervenir, y yo me quedé enganchada de aquella mirada. Con un editor así a mí no me apetecía escribir un libro, sino una enciclopedia. Salimos de la sala de juntas y mientras caminábamos por el pasillo descubrí que Eduardo, aparte del jefe, era alguien muy estimado por las trabajadoras de la editorial. Tuve la sensación de que algunas me miraban como «la siguiente» y la certeza de que muy pocas habitantes de aquellas mesas repletas de ordenadores deberían quedar sin pasar por la cama de mi espigado editor.

—Te acompaño hasta la puerta —dijo amablemente.

—No te preocupes. Voy a ir primero al baño —dije yo.

Dos besos, de nuevo esa mirada irresistible y una sonrisa angelical para despedirse en la puerta del baño pusieron punto final a mi primer encuentro con Eduardo.

Entré al servicio feliz, pensando en la manera en la que nos habíamos mirado, con tanta pasión, con tanto fuego.

¡NOOOO!

Horror. Al mirarme al espejo extasiada descubrí que tenía dos enormes legañas blancas, una en cada ojo, con pinta de haber estado allí toda la mañana. Me quería morir. Él con su mirada penetrante y yo aguantándola seductora con dos legañones. Lloriqueé como lo hace una adolescente, pero me recuperé pronto. Dentro de unos días volvería a verle y entonces todo sería distinto. Me iba a poner tan arrebatadora que nada más verme quedaría rendido a mis encantos. Tiempo al tiempo.

# 15
# LA HAMACA

Para practicar buen sexo hay que tener buena coordinación de movimientos. Hay gente que dice que es bueno ver bailar a alguien antes de acostarte con él, porque descubres más o menos cómo se comportará después en la cama. Los buenos amantes tienen casi siempre sentido del ritmo, se mueven con facilidad, coordinados. De todas formas, en esto no hay reglas fijas y el patoso de la pista te puede sorprender muy favorablemente. Hay gente también que demuestra su habilidad, su coordinación de movimientos, su sentido del ritmo en lugares insospechados, como por ejemplo en una hamaca.

Una vez me fui con unas amigas a México en un viaje organizado a una de esas playas paradisíacas que salen en los catálogos. Éramos cuatro amigas con muy pocas cosas en común, salvo las ganas de estar durante una semana alejadas lo más posible de Madrid y las cuatro deseando olvidar algo. Marta intentaba olvidar que hacía poco la habían despedido de un bufete después de dos años de pasante prometiéndola un puesto fijo; María intentaba olvidar el mal trago de su reciente separación, y yo quería olvidar el espantoso estrés de mi último programa. La cuarta era Esther, que, la verdad, no quería olvidar nada. Simplemente nos dijo que le apetecía acompañarnos para «tirarse a unos cuantos mexicanos».

Era un viaje hortera a un hotel hortera lleno de gente hortera. La mayoría, españoles en viaje de novios. Lo sabíamos y era lo que nos apetecía: tirarnos en una tumbona y tomar el sol sin hacer nada, sin ninguna pretensión. El plan perfecto. Marta, María y yo escuchábamos las aventuras que los primeros días tuvo Esther con distintos empleados del complejo turístico. En los dos primeros, solo cuarenta y ocho horas, había estado con un recepcionista, dos camareros y un conserje. Su capacidad siempre me ha impresionado. Su quinta aventura, sin embargo, sí trajo consecuencias, porque no se le ocurrió otra cosa que liarse con el tío de la habitación de al lado, un futbolista del Albacete. Lo malo es que el futbolista no estaba solo, sino que tenía mujer, y estaban en el hotel de viaje de novios. La pobre infeliz, que subía a su habitación después de haberse dado un relajante masaje en el Spa del hotel, se encontró en su cama a Esther con el miembro de su recién estrenado marido en la boca, lo que le provocó náuseas. Me refiero a la despechada esposa, no a Esther, que está muy acostumbrada a tener miembros en la boca y para nada le provocan náuseas. En fin, que al día siguiente la pareja que dejó de serlo de inmediato abandonaba México, rumbo a Albacete.

Las noches las pasábamos en la terraza de la piscina, cenando y viendo los espectáculos de los animadores que intentaban animar a las parejas de españoles con jueguecitos, bailecitos y cancioncitas. Esos espectáculos de los hoteles, que la mayoría de personas detesta, a mí, en esa ocasión, me pareció divertidísimo. Me pasa lo mismo en las fiestas de los pueblos cuando la orquesta por fin rompe a tocar el *explota, explota, explótame, explo,* de Rafaela Carrá. Yo me emociono.

La última noche reparé en uno de los animadores que medio me gustó. No sé por qué. La verdad es que era el tipo de tío que no me suele atraer en absoluto. Más bien bajito, rubio, ojos azules, un poco con cara de bruto y con mucho pelo en el pecho que mostraba orgulloso debajo de su camisa de palmeras abierta casi hasta el ombligo. Si no fuera por su 1,65 de estatura y su cerradísimo acento mexicano, parecería un alemán o un nórdico. El caso es que me fijé en él y él se dio cuenta de inmediato. Vino a la mesa y con unas formas más propias de otra época me invitó a bailar. Nada más llegar a la pista los dos comprendimos que lo del baile no había sido una buena idea, porque mis maravillosas sandalias azules de diez centímetros de tacón dejaban la cara de aquel rubio mexicano a la altura de mis pechos. Agarrado a mí para comenzar el baile, miró hacia arriba y con una dignidad muy mexicana me dijo: «Mejor te invito a un tequilita en la barra». Allí fuimos y empezamos a beber Don Julio, un tequila añejo que a partir del segundo vaso entra con una peligrosísima facilidad. Llevábamos media botella y aquel mexicano machote y bajito me estaba haciendo reír. Pensé que estaba en México a miles de kilómetros de mi vida, en un hotel hortera al que no volvería jamás y con un tío al que tampoco volvería a ver después de esa noche.

—¿Los animadores también os hospedáis en el hotel? —pregunté.

—Qué va; yo vivo en una casita en el pueblito de Chuncaranga, a diez kilómetros de aquí.

—Pues quiero ir a Chuncaranga, manito.

Y a Chuncaranga nos fuimos con nuestra botella de Don Julio en un *jeep* amarillo descapotable de principios de los ochenta.

Su casa era un salón de veinte metros, lleno de estampitas de vírgenes colgadas en las paredes, una mesa en la que había una tele vieja, una pila con un grifo debajo de un miniarmario y una hamaca. No había cama, ni sofá, ni sillas. Ningún sitio para sentarte, salvo la hamaca; ningún sitio para dormir, salvo la hamaca; ningún sitio para practicar sexo, salvo la hamaca.

—Siéntate —dijo, señalándola como si fuera lo más normal del mundo.

La hamaca estaba muy lejos del suelo, por lo que subirme allí a pesar de los tacones se me antojaba imposible. Animada por el tequila, lo intenté: pegué un salto descomunal, aterricé en la red y esta giró como si tuviera vida propia y me despidió súbitamente hacia el suelo. Todo en un segundo. El mexicanito me recogió del piso y me levantó como a una pluma para depositarme con mucha suavidad encima de la hamaca. Estaba fuerte. Allí me dejó sentadita como una niña buena, mientras servía más tequila en dos vasos que sacó del miniarmario. Acabamos la botella enterita y entonces el rubio manito pasó a la acción. Fue absolutamente impresionante su facilidad de movimientos, su coordinación total en cada una de sus acciones. Yo estaba alucinada del control que tenía aquel tío encima de aquella red suspendida del techo. Al segundo bamboleo ya estaba dentro de mí. Cada vez se movía más de un lado a otro, y de dentro a fuera, más y más. De repente, un giro completo de 360 grados para volver a la misma posición. Qué control. Al cuarto giro, comprobada su destreza, perdí el miedo a caerme, me relajé y disfruté de aquella exhibición casi circense. Al terminar no podía casi moverme y fue él el que me vistió con gran delicadeza. Me devolvió al hotel en su *jeep* amarillo y desapareció para siempre. Al día siguiente, en el avión de regreso a Madrid, estaba deseando contarle a Esther el polvo tan singular que había echado encima de aquella hamaca en una casa de Chuncaranga. Por fin la iba a sorprender hablando de sexo. Pero antes de empezar mi relato empezó ella:

—Ayer vi que te fuiste con el mexicano bajito. ¡Qué espectáculo lo de la hamaca!, ¿verdad?

—Joder, Esther, ¿a ese también?

—Pues claro, nena. ¿Por cierto, has visto al azafato moreno? ¡Azafato, por favor!

Esas fueron las últimas palabras que escuché de Esther antes de quedarme dormida. Al despertar, casi en Madrid, mi amiga no estaba en el asiento de al lado, sino en uno de *business.* Hasta allí la había llevado un azafato moreno.

# 16
# VIBRODEPENDENCIA

Casi todo el mundo descubre los juguetes eróticos en pareja. Después de unos meses de pasión es él el que suele proponer el utilizar algún juguetito para alegrar algunas noches que comienzan a tener ya un poco de rutina. Después de una mínima resistencia por parte de la chica, la idea avanza, y una noche el chico se presenta en casa con un consolador que comienza a formar parte de cuando en cuando de vuestra vida sexual. Es un elemento más que a veces se utiliza y a veces no. Hasta ahí todo es muy normal y, según los expertos sexólogos, una práctica muy saludable para las relaciones de pareja. Es posible que ese primer consolador tenga con el tiempo algunos compañeros de viaje que poco a poco vais adquiriendo en algunas visitas al *sex-shop.* Algún anillito, bolas chinas, estimuladores varios... Una pequeña colección de cositas que guardas en una bolsa de plástico de El Corte Inglés en un cajón de la cómoda para que nadie lo vea. Por cierto, que cuando las parejas se rompen esa bolsa con los juguetes dentro es una de las cosas más embarazosas de repartir. Así que después de «para ti estos deuvedés, para mí la tele y para ti el equipo de música», la bolsa de plástico se tira a un contenedor y santas pascuas.

Los juguetes eróticos son buenos para la pareja y aún mejor para cuando no la tienes. Sin embargo, no están exentos de riesgos. El más común es la vibrodependencia, el estar absolutamente enganchada al amigo que vive en tu mesilla de noche. La adicción a este tipo de juguetes es progresiva, pero cuando te atrapa del todo es difícil escapar de esas redes. El primer síntoma de que la adicción comienza a ser peligrosa es cuando le pones nombre. Bautizar a un compañero de látex con un nombre de persona, como por ejemplo *Pepe,* es algo que está cerca de lo patológico.

Sin embargo, se trata de una dependencia muy lógica, por otra parte. Esos juguetitos cada vez son más sofisticados, más perfectos. Sé de uno que tiene ocho tipos distintos de vibración y cuatro velocidades diferentes por cada una de las vibraciones. Ocho por cuatro: treinta y dos. ¿Conocéis a algún chico capaz de darte placer de treinta y dos maneras distintas? Además, tiene para guardarlo una bolsita de raso negra que es lo más.

Cuando decido pasar un buen rato con él, me resisto a utilizarlo a las primeras de cambio, porque es tan perfecto y tan preciso que provoca orgasmos precoces. Hay que esperar un poquito, porque desde que sale de la mesilla hasta que terminas pasan más o menos treinta segundos. Una vez me puse una película erótica para amenizar mi sesión y no llegué ni a saber el nombre del director de fotografía. Un solo DVD puede durarte meses sin llegar al final.

Así pues, son muchas las ventajas de estos aparatos, pero su dependencia puede llegar a convertirte en un ser antisocial y muy perezoso. Llega el viernes y vas a salir de fiesta con unas amigas: dos horas arreglándote para estar radiante, una hora para aparcar en el restaurante, media para que te den mesa, dos en cenar, media de atasco hasta la discoteca, media para aparcar y otra media de cola para entrar en el local. En la barra no paran de acercarse tipos de lo más variado que quieren ligar, y si hay suerte y uno encaja con tus gustos pasan por lo menos tres horas más de conversación absurda hasta que te acompaña a casa. Total, que son las seis y media de la mañana, tienes sueño y es posible que el tipo ese no dé ni una a derechas en la cama. Aquello es un desastre y tú no paras de acordarte de tu *Pepe,* que espera en la mesilla de noche siempre dispuesto, siempre turgente, siempre erguido en el interior de su bolsa de raso negra. Después de un par de experiencias así comienzas a no salir ningún fin de semana, no te apetece comprarte modelitos y hasta pasa más tiempo del aconsejable sin ir a depilarte. Cuando estos síntomas aparecen es momento de acabar con la vibrodependencia si no quieres que ella acabe contigo.

Para eso suele ayudar cuando en tu vida aparece otro Pepe, este de carne y hueso, que te hace olvidar temporalmente a tu amigo inanimado. No suele conocer ni mucho menos treinta y dos maneras distintas de hacerte vibrar, pero tiene la ventaja de ayudarte a subir las bolsas de la compra, colgarte los cuadros o arreglarte los enchufes. Algo es algo.

# 17
# La primera vez

La primera vez sucede después de varios meses desde la primera vez. Esa es la verdadera primera vez. La primera vez no tiene mayor importancia y la verdadera primera vez te cambia la vida. Me explico. Existe una primera vez a la que definimos como la pérdida de la virginidad, es decir, la primera relación sexual con penetración, y existe la primera vez que tienes un orgasmo. Esa es la que yo creo que es la verdadera primera vez. La considerada socialmente como primera vez es para todo el mundo un desastre; no hay excepciones, que yo sepa. La cosa sucede entre los quince y los dieciocho años en la mayoría de los casos, si bien la cosa puede retrasarse hasta los veinte o veintiuno porque no encuentras nunca el momento de lanzarte. Incluso hay personas cuyas creencias les impide perder su virginidad hasta que no hayan pasado por el altar. Se trata de esas mujeres educadas en la convicción de que la virginidad es un valor que hay que proteger. Incluso la definen como «la honra» o describen el acto con frases como «hacerse mujer» o la sinigual «entregar la flor».

Para mí la virginidad es como la muela del juicio, que no sirve para nada y en cuanto empieza a molestar hay que quitarla de inmediato para no volver a recordarla nunca más. La virginidad no es algo que se tiene; es algo que se padece.

De todas formas, las que llegan vírgenes al matrimonio son muy pocas, y las mujeres solemos desprendernos del lastre en la posadolescencia, junto a otro posadolescente, y lógicamente el desastre está asegurado. El primer problema que hay que solventar es el sitio para hacerlo. A esas edades nadie tiene casa propia, así que acabas haciéndolo en la cama de los padres de él, con el crucifijo colgado en lo alto del cabecero, y lo que es peor, con la foto de boda de los que supones que algún día serán tus suegros y que lógicamente nunca llegan a serlo. Una foto en blanco y negro en la que descubres que la madre de tu chico era igual de fea de joven que ahora y que a los años no se les puede echar la culpa de todo.

Cuando decides que vas a dar ese paso te asaltan obsesiones; algunas pueden llegar a ser de lo más estrafalario, como por ejemplo mi preocupación porque llegado el momento me olieran los pies. Es algo absurdo, pero era algo que no me dejaba concentrarme. Yo allí a punto de «entregar mi flor» y lo único que me preocupaba era que me olieran los pies. Que Dios me perdone.

Todo es desastroso porque tu chico también está allí, el pobre, con la presión de hacerlo todo bien y sin tener ni idea de qué hacer. Él está nervioso, yo investigando si me huelen los pies, el crucifijo sigue allí colgado, la foto de tu suegra no te quita ojo, el miedo, las dudas... En definitiva, que aquello acaba de manera dolorida mientras cambias las sábanas manchadas de la cama de tu suegra entre un sentimiento de frustración, desesperanza y culpabilidad. Así es la primera vez.

A la semana se repite en casa de alguna amiga de la que se han ido sus padres, luego otra vez en un coche, luego otra ya en tu propia casa y poco a poco aquello empieza cada vez a ser menos frustrante, más esperanzador, con más gustito, mucho mejor. Hasta que por fin llega la verdadera primera vez. Esa sí que es importante, esa sí que es una revelación, el inicio del camino: el primer orgasmo.

Todo comienza como las veces anteriores, pero no se sabe bien por qué empiezas a sentir algo distinto. De repente encuentras una posición, un punto concreto, un movimiento, un roce que no quieres que acabe, que buscas, que te gusta, que te da calor, que te hace mover para buscarlo. Y lo encuentras. Se parece a aquello que sentías de niña cuando te rozabas con la almohada sin saber muy bien qué estaba pasando. Ahora sí sabes lo que está pasando y lo provocas siendo dueña de tu cuerpo para que no se acabe esa sensación cada vez más fuerte que te descoloca, que te domina, que no puedes controlar. Hay un momento en el que no hay vuelta atrás, el placer es cada vez mayor, el protagonista de todo. El movimiento se hace más rápido, más profundo, más intenso. Por fin te está pasando a ti, lo vas a tener, vibras, estás húmeda, gritas, sudas por fuera, ardes por dentro, quieres más, cada vez más y más. ¡Diooooos! Te desplomas, te vacías, tiemblas. Eres feliz.

Esto era de lo que hablaba la gente, era lo que salía en las películas. Era cierto. Esta sí es de verdad la primera vez.

Luego vienen más primeras veces; por ejemplo, cuando en vez de uno tienes dos orgasmos seguidos, esa vez también es muy reveladora. Luego está la primera vez que tienes un orgasmo con otro chico que no es el primero, después la primera vez que tienes tres orgasmos. Más tarde llega la primera vez que tienes un orgasmo por otro lugar que no fue el primero, y luego llega la primera vez que tienes orgasmos múltiples. La vida, en definitiva, siempre está llena de primeras veces. A mí me esperan todavía un montón de primeras veces. Eso espero.

# 18
# El póquer

Una relación lésbica, un trío con dos hombres, un trío con un hombre y una mujer, y una cama redonda con al menos dos parejas. Según mi amiga Esther, esas cuatro experiencias sexuales son las básicas que una mujer debe experimentar al menos una vez a lo largo de su vida. Es lo que ella llama el póquer del sexo, lo mínimo que debes llevarte al otro barrio si quieres contar por allí que este mundo ha sido divertido. Son cuatro fantasías sexuales muy comunes en la mayoría de las chicas, pero no siempre se tiene la oportunidad de hacerlas realidad y a lo mejor ni tan siquiera las ganas. Mi amiga Esther, al contrario que los sexólogos, considera que las fantasías sexuales siempre hay que intentar hacerlas realidad. Los expertos dicen que lo que puede ser muy estimulante en la imaginación luego no tiene por qué serlo en la vida real. Esther, por el contrario, es de la opinión de que si algo te apetece, lo pruebas, y si te gusta, repites, y si no, no vuelves a hacerlo. A ella le pasó con su fantasía de acostarse con un torero con su traje de luces y ese bulto que tanto la excitaba. Lo logró en una feria de San Isidro, y aquello, sin embargo, resultó que no era para tanto, ni el bulto, ni su propietario. Aquel tipo era un torero de mucho éxito en la plaza y con fama de mujeriego, pero a la hora de la verdad no fue capaz de rematar la faena. El que la remató fue un picador de la cuadrilla, más rústico y mucho menos famoso que el matador, pero vigoroso como la puya con la que trabajaba. Total, que a Esther ahora lo que le gusta de verdad es la suerte de varas. Qué buena aficionada.

Yo no sé si todas las fantasías hay que ponerlas en práctica, pero sí creo que no es bueno negar que existen y lo mejor es hacerles caso, saber que están ahí. Yo, del póquer de relaciones que según mi amiga una mujer debe mantener, espero completarlas todas según me lo vaya pidiendo el cuerpo. No creo que sean cosas que se deban premeditar en exceso, pero cuando se llega al río hay que cruzar el puente.

Una noche, en Ibiza, estaba cenando con Juan, un chico con el que me había ido a pasar cinco días del puente de mayo. Era un medio ligue muy divertido que había conocido en la Semana Santa de ese año y con el que me había visto cinco o seis veces. Era poco tiempo para aventurarme a pasar esos días enteros en una habitación de hotel con ese semidesconocido, pero como era un tipo con el que me reía mucho y tenía muy buen rollo en la cama, pues allá que me fui a la isla a darme una alegría al cuerpo. Me apetecía mucho tirarme todo el día tomando el sol, así que para las noches era mejor llevar un plan seguro y no ir a la aventura, que luego acabas siempre con el que no debes. Juan en ese sentido era una apuesta muy segura.

Desde que aterrizamos me di cuenta de que el plan no iba a ser el deseado. Llovía a cántaros y el taxista isleño se encargó de recordarnos que el hombre del tiempo había dicho que por lo menos iba a estar una semana sin parar. Desde la habitación del hotel veíamos cómo llovía sin cesar sobre la playa desierta con sus tumbonas apiladas al lado de las sombrillas plegadas atadas con cadenas y candados. Un panorama desolador. Como durante el día no podíamos bajar a la playa, hacíamos lo que estaba previsto hacer por la noche, y por la noche, pues también lo hacíamos. Estuvimos enganchados tres días enteros con sus correspondientes noches, y aunque Juan era muy bueno y yo estaba inspirada, al terminar el tercer día estábamos un poco saturados de sexo.

La cena del día siguiente comenzó un tanto aburrida, porque ya nos lo habíamos contado todo y tampoco había mucha expectativa de que nada nuevo iba a pasar cuando llegáramos a la habitación. Cenamos en un restaurante caro de Ibiza donde la comida era exquisita y pedimos una botella de vino que era espectacular. Nada más traer el segundo plato, Juan quiso romper nuestra rutina sexual de esos días proponiéndome hacer un trío con otra chica. Menos mal que estaba comiendo un *steak tartare,* que si llega a ser una carne más contundente me atraganto allí mismo. Juan me estaba proponiendo realizar una de las cuatro fantasías del famoso póquer de mi amiga Esther, y lo hacía con una aplastante seguridad, invitándome a dejarme llevar. «No digas nada; sigamos cenando. Lo que te aseguro es que si finalmente te decides, déjalo todo en mis manos y te aseguro que saldrá bien».

Yo nunca he probado las drogas, salvo un par de caladas a un porro cuando era adolescente, pero nada más. Además siempre me han dado mucho miedo. Tampoco bebo nunca alcohol, salvo, por supuesto, vino. Siempre que sea bueno y tinto. Una buena botella de vino es mi mayor capricho cuando salgo a cenar a un buen restaurante. La saboreo desde el primer plato hasta después de los postres, cuando el resto de comensales ya está con sus copas de ginebra, vodka, whisky o ron. Esa noche, después de la propuesta de Juan, sabía que no me iba a venir nada mal la chispita que me estaba dando ese delicioso ribera.

—¿Y con quién se supone que lo haríamos?

—¿Eso es un sí?

—Por supuesto que no; es simple curiosidad. Que yo sepa, aquí estamos solos tú y yo.

—Con quien lo hagamos es lo de menos. Ahora lo importante es que estés convencida y te apetezca hacerlo. Si dices que sí, habrá alguien para hacerlo.

El misterio me hizo beber más vino, como buscando una excusa al hormigueo que recorría mi estómago. Una sensación entre nervios y excitación que no me hacía sentir nada segura. La conversación cada vez subía más de temperatura, era puramente sexual. Hablamos de deseo, de piel, de cuerpos desnudos, de dejarse llevar. De abandono. Aquello tenía mucho morbo y muy mala salida. Aquella propuesta me inquietaba, pero no me apetecía rechazarla.

—¿Y con quién se supone que lo haríamos?

—¿Ahora es un sí?

—Sí.

Juan se levantó a la barra y cogió un periódico local que abrió por la sección de contactos. Cogió un móvil y llamó. Después de unos minutos volvió a la mesa.

—Ya está.

—¿Has llamado a una puta?

—Sí. Dentro de veinte minutos estará aquí.

—Estás loco. Que sepas que yo no pienso hacer nada con una prostituta.

—Solo te pido que nos tomemos una copa los tres. Es, de momento, lo único que vamos a hacer.

Fueron largos esos veinte minutos. Tan largos que pasé del cabreo y las ganas de marcharme a la expectativa y la incertidumbre, hasta recuperar después un poco de la excitación que tenía cuando le dije a Juan que sí. De repente, una chica se paró delante de la mesa y con una mirada a Juan entendió que éramos nosotros. Nos presentamos; ellos pidieron dos gintónics de Beefeater y yo liquidé en mi copa el último resto de la botella de ribera.

Aquella chica se llamaba Vania y era completamente normal. No sé cómo me la imaginaba, pues una chica que se anuncia para atender a parejas en una sección de contactos me la había imaginado yo de otra forma. No sé de qué forma, pero de otra bastante peor. Vania era morena, bajita, delgada, con buen tipo y guapa sin excesos. Iba con unos vaqueros, unas Converse blancas y una camiseta de tirantes rosa sin sujetador, porque no era muy generosa de pecho. Parecía un poco tímida, hablaba bajito y miraba de manera muy sensual. Esa normalidad me relajó y me replanteé eso de que yo con una prostituta no iba a hacer nada. Me acordé de Esther y pensé que había llegado al río y que me apetecía cruzar el puente.

—¿Cómo queréis hacerlo? —dijo Vania.

—Me gustaría que ella lo pasara bien —contestó Juan, señalándome.

—Así que quieres que los dos nos dediquemos por completo a ella —dijo Vania, señalándome también.

—Nada podría excitarme más.

—Eres muy generoso.

Yo escuchaba aquel diálogo entre Juan y Vania absolutamente absorta. Tanto, que tenía la copa de vino en la boca haciendo que bebía cuando hacía ya diez minutos que la copa estaba completamente seca. Quizá era lo único que había seco en aquella mesa. Nos levantamos después de pedir la cuenta y nos montamos los tres en un taxi para ir al hotel, yo en el centro de los dos. Subimos a la habitación y sin encender la luz nos tumbamos los tres en la cama. Por la ventana entraba el resplandor de la luna y en el cristal de la ventana resbalaban las gotas de lluvia. Juan me dijo que cerrara los ojos y me dejara hacer, y ella me invitó a que disfrutara porque «esta noche tú eres la reina». Fui una chica obediente y me abandoné en una actitud completamente pasiva. Juan y Vania se movían en torno a mí como en una coreografía perfectamente ensayada. Ella en un sitio de mi cuerpo y él en otro. Caricias que se confundían, besos que se mezclaban, cuatro manos y dos bocas recorriendo mi cuerpo enterito y yo allí sin mover ni un dedo. Cuando todo acabó, ella se vistió sin encender la luz y Juan la acompañó hasta la puerta, donde debieron ajustar cuentas por los servicios prestados. Vania se marchó, Juan volvió a la cama y yo me quedé profundamente dormida sin comentar nada.

Al día siguiente lo primero que hice al levantarme fue llamar a mi amiga Esther para decirle lo mucho que la quería.

# 19
# ¿YA ESTÁ?

Las mujeres sacamos demasiados defectos a los hombres en la cama. Estamos educadas perversamente para hacerlo porque nosotras, al contrario que ellos, no tenemos obligación de ser buenas amantes. A ellos les exigimos que sepan seducirnos, nos hagan reír y sepan comportarse con la suficiente ternura y pasión bajo las sábanas. Deben conocer nuestro cuerpo, dónde está cada cosa, qué deben saber tocar; también tienen que durar lo suficiente para que a nosotras nos dé tiempo a terminar, y deben estar bien dotados, porque si no nos defraudan. Las mujeres podemos descalificar a un hombre porque no sepa dónde tocarnos exactamente y en cada momento, a los que terminan demasiado pronto, a los que no la tienen suficientemente grande, y no digamos ya a los que por cualquier motivo sufren el temido gatillazo. Si eso nos pasa alguna noche superamos la decepción pensando lo que al día siguiente nos vamos a reír con alguna amiga de lo torpe que era ese pobre chico, lo pequeña que la tenía o que no se le ponía dura. Qué risa. Las mujeres podemos ser muy crueles, pero nosotras no tenemos dudas de nuestras habilidades como amantes, no nos hacemos preguntas sobre si conocemos lo suficientemente bien el cuerpo de los hombres o si sabemos en realidad el qué y cómo les gusta.

Hace algún tiempo invité a mi tía Luisa a cenar con unas amigas. Mi tía Luisa es la tía enrollada que hay en todas las familias que se quedó soltera porque no quería ataduras, que viajó por todo el mundo cuando nadie viajaba, que ha sido activista de no sé cuántas causas perdidas y quiere mucho a sus sobrinos. Es fácilmente reconocible porque en todas las familias hay una igual o parecida. Mi tía Luisa es todo ternura, cuenta las cosas con inteligencia, habla bajito y con un tono tan agradable que aunque te insulte es imposible sentirte ofendida. La cena transcurría divertida con mis amigas y yo riéndonos del último novio de una de ellas al que había tenido que dejar, fíjate tú, porque no sabía dónde estaba su clítoris. Yo conté una historia con un tío con el que hice el amor en unas vacaciones y que a mitad de faena se le puso blandita, ja, ja, ji, ji. La otra que aquel chico tan mono que conoció terminó tan pronto que casi no le dio tiempo ni a quitarse las bragas, qué risa, huy qué risa. Mi tía escuchaba nuestras historias y se reía también, hasta que interrumpió aquella conversación con una pregunta para la que utilizó su educadísimo tono de siempre:

—¿Y vosotras qué tal os coméis las pollas?

Se hizo el silencio. Las risitas cesaron de inmediato.

—¿Qué dices, tía? —se me ocurrió decir un poco cortada.

—Os estoy preguntando que si sabéis hacerlo bien. Que si sabéis dar de verdad placer a un hombre, que si sabéis utilizar bien las manos y la boca y que si tenéis claro por dónde pasar la lengua y los dedos. Y que si tenéis suficiente sensibilidad para controlar en qué momento. Cuando estéis seguras de que sabéis hacerlo, entonces os reís todo lo que queráis. Niñatas, que sois unas niñatas.

Todo esto lo soltó mi tía en la mesa hablando muy bajito y con muchísima educación. A partir de ese momento hablamos de cine y de música, porque ni a mis amigas ni a mí se nos ocurrió volver a hablar ni una sola palabra de hombres.

Con mi tía nunca antes había hablado de sexo y no volví a

hacerlo hasta pasado mucho tiempo. Fue para contarle una experiencia que recientemente había tenido con un chico. Nos presentaron algunos amigos comunes y después de un par de citas acabamos en su casa. Era un chico con poca experiencia y se le notaba un poco torpe tocando, muy ansioso, y que se excitó de manera incontrolable nada más tocarme los pechos. En cuanto le acaricié por encima del pantalón tembló unos segundos y noté cómo explotó. «¿Ya está?», pregunté sorprendida, y él asintió con la cabeza avergonzado. Le abracé fuerte y le dije que hacía mucho tiempo que alguien no me hacía sentir tan bien. Él pensó que le estaba tomando el pelo, pero era cierto. Desde que tenía catorce años no me había sentido tan deseada. Me pareció una escena de tanta ternura que me emocioné.

—Esa es mi niña —dijo mi tía Luisa al concluir mi relato—. Me siento orgullosa de ti.

Entonces me atreví a preguntar algo que tenía pendiente desde aquella cena con mis amigas y que nunca me atreví a preguntar a mi tía Luisa.

—¿Cómo se come bien una polla?

—Y yo qué sé, hija; supongo que cada una de una manera. Lo único necesario es que te guste.

—Pues eso.

# 20
# La fidelidad

Se separan siete de cada diez matrimonios, setenta de cada cien parejas se acaban. El dato es revelador y debería servir para que nos planteáramos algunas dudas sobre las reglas que rigen en la mayoría de los casos la convivencia en pareja. Mi teoría, que como siempre se basa en la intuición y es muy poco rigurosa, es que la mayoría de parejas que se separan nunca deberían haberse casado. Lo hacen porque si no se juntan los dos sueldos no hay un Dios que alquile o compre un piso; lo hacen para seguir haciendo lo que hicieron sus padres, sus hermanos o sus primos; lo hacen porque toca; lo hacen porque si no qué voy a hacer; lo hacen porque llevamos ya mucho tiempo de novios; lo hacen, incluso, porque se tienen algo de afecto. Hay un montón de parejas que no deberían casarse porque nunca se han gustado o dejaron de hacerlo hacía mucho tiempo. Cuando estas parejas se separan yo creo que es una buena noticia.

Hay otras, sin embargo, cuya separación podría evitarse. Se trata de parejas salvables si fueran capaces de hacer un nuevo planteamiento de las reglas establecidas. Especialmente las relativas a la fidelidad. La fidelidad es antinatural, pero la seguimos aceptando como algo invariable. La fidelidad es como la monarquía, algo que sabemos que no tiene sentido, pero que no queremos cambiar. No tiene sentido que un señor sea el jefe de un Estado por ser el hijo de una persona concreta, como no tiene sentido que alguien mantenga sexo únicamente con la misma persona durante décadas. Lo aceptamos, pero que nadie me cuente a mí que eso es normal.

Es cierto que al principio de las relaciones, cuando el enganche sexual es desorbitado, la fidelidad es algo inevitable. Solo hay ojos para la misma persona, la que más te gusta del mundo, la que te llena, la que te excita, la que te hace subir a los cielos. No cabe nadie más, este planeta solo tiene dos habitantes y la cama es su patria. Ese estado puede ser más o menos duradero, pero según los estudios no dura nunca más de tres años. ¿Y luego? Pues te aguantas, porque nunca más a lo largo de toda tu vida volverás a sentir la piel de otro cuerpo rozándote, ni otros labios que te besan, ni otras manos que te tocan. Puedes tener veinticuatro años, o treinta, o treinta y seis, pero desde este día en el que has formalizado esta relación hasta el día que te mueras, se acabó. Punto final. Ya has estado con todas las personas que tenías que estar y no volverás a estar con ninguna otra. Que te enteres. Hasta el último día de tu vida. Nunca más. Se mire como se mire, la fidelidad es una putada.

Las parejas a las que me refería como salvables son aquellas que se quieren, que se gustan, que tienen un proyecto en común lleno de cosas bonitas, que se ríen juntos, que lloran juntos, que se aman por encima de todas las cosas y que además, las pocas veces al mes que lo hacen, en la cama funcionan estupendamente. Mi reflexión es que si los miembros de esas parejas pudieran practicar sexo con otras personas sin sentirse culpables y sin tener que dar explicaciones a nadie, estarían encantados de seguir felices con su matrimonio y ni se plantearían la posibilidad de romperlo. Los seres humanos evolucionamos, las mujeres hemos cambiado y ocupamos un lugar destacado en las sociedades, hay un nuevo hombre que busca su nueva ubicación en el mundo, pero la pareja sigue rigiéndose con las mismas reglas de hace siglos. ¿Será esta la explicación del 70 por 100 de separaciones? No será la única, pero con otras reglas es posible que algunos matrimonios pudieran salvarse. ¿El tuyo, por ejemplo? Piénsalo.

# 21
# JODER CON EL «KAMASUTRA»

Quiero decir: hay que ver con el *Kamasutra.*

Mi experiencia con el *Kamasutra* es mejorable. Lo reconozco. Ya sé que no soy muy precisa cuando identifico ese libro con las posturas más difíciles y hasta más absurdas de practicar sexo, pero a mí ese libro me trae incómodos recuerdos. La verdad es que hablo de oídas, porque yo no lo he leído, pero con lo que he escuchado ya me hago una idea. Una vez estuve con un tipo que se lo había leído, se lo había aprendido y además se lo creía. Era un tío muy raro al que siempre recuerdo desnudo. Me pasa con algunos hombres con los que he estado, que soy incapaz de recordarlos con ropa y en otra actitud que no sea en la cama practicando sexo. No me acuerdo de las conversaciones, ni de ninguna cena, ni ninguna película que hayamos visto juntos. Simplemente me acuerdo de ellos desnudos y dale que te pego. La verdad es que con este tío del *Kamasutra* no podía ser de otra manera. Estaba obsesionado y los polvos con él eran como ver *Ben-Hur* en una banqueta: un poco incómodos. Tenía un apartamento con una decoración horrorosa, llena de telas y mantas imitando la piel de leopardo, mesas de mármol con patas doradas, muchas figuras de metacrilato, cuadros de colores muy vivos de caballos, de gatos, de pavos reales. La habitación tenía una pared roja, las otras tres de espejo y una cama redonda, cómo no, con sábanas de raso con imitación a la piel de algún felino. Estuve dos noches con él. La primera porque quise y la segunda porque no había más remedio. Había una feria de muestras de no sé qué cosa en esa ciudad y no había ni una sola habitación de hotel libre en doscientos kilómetros a la redonda. Así que a pesar del agotamiento físico de la primera noche, la segunda seguí allí como si me hubiera gustado.

Aquel muchacho concebía el sexo como un ejercicio de acrobacia. A mí me llevaba de un lado a otro, haciendo equilibrios: colocaba sus piernas en posiciones inverosímiles y las mías las enredaba con sus brazos y los míos sobre su cuello y mi cuello, ni me acuerdo. La verdad es que parecía que allí había más gente. Puede que yo tenga algunas virtudes físicas, pero la flexibilidad no es una de ellas. Así que a las primeras de cambio ya me había dado un calambre en una pierna que se iba y venía dependiendo de lo enrevesado de cada postura. Yo gritaba de dolor y aquel tipo que me tenía alojada en su casa pensaba que lo hacía de placer, así que cada vez se ponía más estupendo en su concepción gimnástica del sexo. Además duraba un montón, o por lo menos a mí se me hacía muy largo. Nunca me ha gustado sudar por según qué cosas. Al final recuerdo que decía: «Si quieres, puedo seguir». Yo contestaba que no hacía falta. Él preguntaba que si ya había acabado. Yo respondía que dos veces, así que acabara ya, que lo estaba deseando. Esa última parte era de las pocas verdades que dije esas dos noches. En fin, que hay relaciones en la vida de una de las que no es fácil sentirse orgullosa, pero que forman parte de ti. Además, todas te enseñan algo. Por ejemplo, que yo para sentir placer prefiero estar cómoda.

# 22
# Mi novio era gay

A cualquiera le puede pasar y yo tardé en darme cuenta dos meses. Crees que estás con un chico que te adora y lo único que eres para él es una tapadera. Aquel tío era todo un hombretón, de esos que fingen enfadarse cuando otro tío te mira en un bar. Un tipo fuerte, atractivo y seguro de sí que rara vez mostraba sus sentimientos, salvo para emocionarse con los goles del Real Madrid. Manolo, que así se llamaba, iba a misa los domingos y los jueves tenía reunión de catequesis. Cuando me lo contó me entró la risa tonta, porque yo pensaba que la catequesis terminaba con ocho años, cuando hacías la comunión; pero qué va, también hay catequesis para mayores. Yo es que soy un poco ignorante para según qué cosas.

La verdad es que nuestras relaciones sexuales no fueron ni muy abundantes ni muy intensas, pero en las que hubo no noté jamás nada que no entrara dentro de los cánones de cualquier chico completamente hetero, algo soso y poco imaginativo en la cama, pero hetero. Una vez le pillé trasteando en mi cajón de ropa interior, pero no sospeché nada cuando me explicó que estaba buscando unos calcetines. Supe más tarde que lo que buscaba era mi *body* de encaje rojo, que era lo último a principios de los noventa. Tampoco me pareció extraño que me quisiera presentar a sus padres a los cuatro días de conocerme, ni que me pidiera que fuera a verle jugar al fútbol o a buscarle a su catequesis para luego ir a tomar unas cañas con sus compañeros. A todos les decía rápidamente que era su novia. Una tarde, a la salida de catequesis, el cura, muy liberal, se unió a sus fieles en el bar de abajo para tomar unas cervecitas, y mi chico le adelantó que ya teníamos planes de boda. Yo, sorprendidísima, le dije al cura que eso no era cierto, y el cura zanjó la cuestión golpeando la espalda de mi chico diciendo «qué jodía tu novia».

Manolo tenía una familia tradicional en general y una madre asquerosa en particular. Era una señora muy delgada, que tomaba pastillas para su ansiedad, arrugada y morena siempre, muy maquillada, con el pelo teñido de rubio y cardado; los ojos los tenía azules, muy pequeñitos; tenía expresión de mala persona, porque la cara sí es muchas veces el espejo del alma. Salvo las apariencias, nada en el mundo parecía importarle. Tenía dos hijos más, al margen de Manolo, que tenían su misma cara, y de Manolo decía con desprecio que había salido a su padre. Los dos mayores ya habían terminado Derecho y opositaban sin suerte para notario. Manolo, el pobre, estaba por tercer año en primero de Topografía y había aprobado solo tres asignaturas. Manolo tenía pánico al desprecio de su madre, que se producía todo el rato. Manolo era un infeliz, porque a él le gustaba un muchacho de su catequesis que se llamaba Benjamín. Fue precisamente este quien llevaba puesto mi *body* rojo de encaje mientras Manolo le hacía una felación en la cama de sus padres. Su señora madre les sorprendió cuando llegaba de colaborar en el Rastrillo y cayó al suelo desmayada del soponcio. Desde aquel día tuvo que doblar su dosis de pastillas.

Manolo se fue de su casa, abandonó Topografía, abandonó la catequesis, me abandonó a mí, se fue con Benjamín a vivir al barrio de Chueca y se matriculó en Bellas Artes. El día que nos despedimos echamos el mejor polvo de nuestra relación. Después lloró mucho rato y me dijo que estaba empezando a ser feliz. Antes de marcharme me pidió que le regalara un par de conjuntos de ropa interior.

Un par de años después, paseando por Madrid, vi su nombre escrito en la fachada de una importante galería de arte. Entré y me quedé fascinada con aquellos cuadros llenos de intensidad y dramatismo. En la pared colgaba un artículo de *El País* en el que se refería a Manolo como uno de los artistas más prometedores de España y destacaba concretamente aquella exposición en la que el artista lograba plasmar la rabia como nadie lo había hecho en décadas. Había un cuadro en el que aparecía una rata disfrazada de mujer o una mujer con cara de rata que el artista titulaba *Mi madre*. Es el cuadro más cotizado del artista.

## 23
## Me puso los cuernos un torpe

No pienso caer en el tópico de que cuando una mujer es infiel lo es con mayor frialdad y es mucho más difícil de pillar que a un hombre. De este se dice que es más inocente y que siempre deja pistas que hacen más sencillo descubrir su engaño. Eso no es cierto. Conozco algunas chicas que han sido infieles, yo entre ellas, a las que nos han pillado, y conozco a otras tantas chicas, yo también estoy entre ellas, a las que nos ha engañado un hombre y no nos hemos enterado hasta meses después de la ruptura, cuando una de tus amigas te dice con cara de sorpresa: «Hija, yo creía que lo sabías; si lo sabía todo el mundo». En fin, que el tópico no es cierto, y yo aseguro que hay hombres muy hábiles a la hora de ponerte los cuernos. Otros, la verdad es que no. Yo conocí a uno que me estuvo engañando varias semanas y yo no le dije nada, porque me hacía mucha gracia. Era de manual. La verdad es que nuestra relación estaba bastante agotada en todos los sentidos, así que tampoco me importó mucho la primera vez que observé cómo renovaba de repente todos sus calzoncillos, comprándose media docena de Calvin Klein a 30 euros la unidad, cuando hasta entonces llevaba esos de seis por 20 euros del Hipercor. Me dijo que a ver si un día le pasaba algo por la calle y le iban a ver con esos gayumbos sin ningún *glamour.* De repente se apuntó a unas charlas literarias que se celebraban los sábados por la noche, y para acudir se pasaba una hora y media acicalándose, poniéndose todo tipo de productos en el pelo, y, lo más sorprendente, me robaba mis cremas para la cara y, lo que es peor, mis parches reductores de volumen. Él se justificaba diciendo que el cultivar el intelecto no estaba reñido con tener un buen físico. Tan ancho se quedaba. Mejor era lo del móvil, al que nunca prestaba atención porque no sabía ni manejarlo. Para su trabajo no lo necesitaba, sobre todo porque no tenía trabajo. Yo le mantenía económicamente, ya que él era escritor, pero sus novelas eran rechazadas sistemáticamente por todas las editoriales. No es que fueran malas, que también; es que eran muy cortas. Tenían entre doce y quince folios. Él lo justificaba diciendo que en este país no se leía porque los libros eran muy largos y el día que las editoriales comprendieran eso a él le llegaría un éxito rotundo. En fin, que el móvil nunca lo llevaba y cuando lo hacía lo olvidaba en cualquier lugar. Más de una bronca tuvimos porque yo no era capaz de localizarle para que viniera a recogerme al trabajo. Ya que él no tenía, por lo menos que viniera a buscarme al mío, digo yo.

Un día, al terminar de cenar, se levantó para ir al baño y se llevó el móvil.

—¿Qué haces con el móvil?

—Mujer, para estar localizado.

—¿A las once y media?

—Mujer, nunca se sabe.

No solo era un escritor vago que nunca había sido capaz de llegar al folio dieciséis; es que tenía muy poca imaginación. Así le salían de planas sus novelas. Siempre tenían un argumento parecido, que consistía en una chica rica que se enamoraba de un chico pobre al que la familia de ella no aceptaba por su baja condición social. Ella huía con él, abandonando a su malvada familia y renunciando a toda su fortuna. Más o menos entre el folio doce y el quince se casaban y así terminaba otra de sus sintéticas novelas. Eso sí, de vez en cuando, en un alarde de imaginación, daba un giro inesperado al argumento en el que ella moría de una terrible enfermedad y él se suicidaba por amor.

Los cuernos me los estaba poniendo, por cierto con una camarera del bar donde desayunaba, comía y cenaba mientras yo trabajaba. A ella mi chico le parecía todo un intelectual, un escritor maldito e incomprendido por la envilecida industria literaria. Un buen día le invité a que se fuera con sus novelas a vivir de la camarera. Mientras cerraba la puerta le escuché lamentarse de mi sagacidad al descubrir su infidelidad: «¡Qué lista es esta tía!, ¿cómo se habrá enterado?».

Recordando esta historia caí en la cuenta de que tenía que llamar a mi editor para reunirme con él e intercambiar nuevas ideas para el libro.

## 24
## ¿QUIERES SALIR EN MI LIBRO?

Quedamos mi editor y yo en la sala de juntas. Esta vez estoy segura de no tener nada en los ojos, salvo mi espléndida mirada.

—¿Qué te parece lo que llevo escrito?

—En la editorial estamos encantados; pero ¿no te parece que estás yendo un poquito lejos?

—¿Lejos? ¿Qué quieres decir?

—Lo digo por ti. Que a lo mejor no es del todo bueno para tu imagen hablar tan abiertamente de sexo.

—Hablo de sexo porque este libro es de sexo.

—Ya; pero en los capítulos que llevas te has acostado con un montón de tíos, has utilizado vibradores, has tenido experiencias lésbicas, has hecho tríos...

—Pues no veas lo que queda.

—Me preocupa lo que puedan hacer con este material los programas del corazón. Ya sabes que sacan las cosas de contexto.

—Me da igual lo que piensen sobre mis experiencias sexuales en los programas del corazón. Ya superé lo que pudiera pensar mi madre, que me importa mucho más.

—La gente se preguntará si todo lo que ocurre aquí es cierto.

—La gente no se preguntará nada. Simplemente, les gustará o no les gustará.

—Te vas a cargar tu imagen de niña buena. De ti he leído algunas encuestas en las que muchas señoras te elegirían como la esposa ideal para sus hijos. A partir de ahora no sé yo.

—Hay que evolucionar. Prefiero que los que me elijan sean los hijos y no sus madres. ¿Tú crees que yo le gustaría a tu madre?

—No; pero a su hijo le encantas.

—¿Como escritora?

—Como escritora y como todo.

—Aparte de tu preocupación por mi imagen, no me has hablado de lo que te parece de verdad el libro.

—Me está sorprendiendo. Tiene gracia y también... bueno, no sé.

—¿Qué no sabes?

—Que pensaba que ibas a escribir un libro muy para las mujeres, pero te aseguro que los hombres lo van a leer con interés.

—Claro, también se van a reír, espero.

—No solo se van a reír. Te van a imaginar haciendo lo que escribes.

—Imaginar es bueno. ¿Tú te lo imaginas cuando lo lees?

—Todo el rato. Algunas cosas me ponen muchísimo.

—A mí también me pone escribir.

—Me gustaría cenar contigo.

—¿Te gustaría salir en el libro?

—¿Todas las personas que cenan contigo salen en el libro?

—Si después de la cena pasan más cosas, posiblemente sí.

—Entonces sí quiero salir en tu libro.

—Yo estoy deseando que salgas, pero prefiero esperar a los últimos capítulos.

—Tú me llamas.

—Lo haré.

## 25
## LOS HOTELES

Me encantan los hoteles para practicar sexo. Una buena habitación de hotel es para mí uno de los lugares que más me inspiran, uno de los que más me pone. Los hoteles me dan una extraña sensación de libertad que me gusta aprovechar sobre todo en las primeras citas o para pasar la noche con algún ligue ocasional. Yo nunca llevo a mi casa a nadie la primera noche, y de acuerdo con mi experiencia no recomiendo acudir a la de nadie si no tienes cierta confianza. A mí, que soy muy sensible para según qué cosas, me ha desaparecido la excitación al ver la decoración de algunos salones de mis improvisados amantes. El motivo de no llevar a nadie a mi casa tiene que ver con un problema de orden. Cuando yo me arreglo para salir a tomar una copa por la noche me pruebo una cantidad desproporcionada de ropa que voy abandonando encima de la cama a medida que la voy descartando. El suelo de la habitación parece un sembrado de zapatos de distintas formas a los que voy apartando con los pies mientras me abro paso camino del baño. El baño, por su parte, presenta un panorama desolador. Lleno de cremas sin tapar, el secador dentro de la pila, los cepillos encima del váter, las toallas en el suelo, la *epilady* que se ha caído dentro de la ducha y la ropa sucia en el interior del bidé. Si llevas allí a alguien para vivir una noche loca puede ser hasta peligroso si el muchacho en cuestión se clava en su pie descalzo el tacón de algún zapato desperdigado por el suelo. Con lo que eso duele. También es incómodo porque echar un polvo en esa cama es como echarlo encima del puesto de un mercadillo. Además, dejar que un desconocido entre en tu baño para ver una maquinilla eléctrica llena de pelos y tus bragas en el bidé es abrirte demasiado para ser el primer día.

En los hoteles no existen tantas miserias o por lo menos no son las mismas. Yo comienzo a excitarme nada más llegar a la recepción, cuando veo la cara del recepcionista que amablemente te informa de que sí hay habitaciones libres para esta noche y que la tarifa son ciento y pico euros más IVA. Lo dicen como con rabia, como diciendo «sí, sí, habréis ligado, pero os va a salir el polvo por una pasta». En el ascensor a solas con el chico me pongo muy nerviosa y no sé nunca qué decir delante de ese espejo recordándote que es muy tarde y que estabas mucho más mona cuando saliste de casa. A pesar de todo, él se abalanza sobre ti y te besa apasionadamente hasta que suena el pitido que indica que has llegado a la planta de tu habitación. He de reconocer que me gusta muchísimo el momento en el que voy detrás del chico por el pasillo, siempre en penumbra y enmoquetado, con las puertas de las habitaciones a ambos lados, con la ansiedad de llegar cuanto antes a la tuya. Me encanta que los pasillos de los hoteles sean largos y que la habitación esté muy lejos del ascensor. De repente, al doblar una esquina aparece por fin el número de la habitación. En ese momento el chico suele decir la frase absurda de «creo que es aquí». La duda debe ser producto de los nervios, porque si te han dicho que tu habitación es la 563 y en la puerta pone 563, pues efectivamente es aquí. En el momento que se abre la puerta la incertidumbre es total, porque la escasa luz del pasillo deja ver muy poco de la habitación; pero al entrar y cerrar la puerta la oscuridad es total y a ver quién es capaz de encontrar la ranurita para introducir la tarjeta y encender alguna luz. En ese momento es normal que los dos pensemos en hacer el chistecito fácil de a ver si se nos da mejor meter otras cosas, pero ninguno lo hacemos porque quedaría en entredicho nuestro inteligente sentido del humor. Finalmente encuentras la ranurita, se hace la luz y aparece la cama sobre la que te abalanzas sin ni siquiera quitar la colcha. Por cierto, que recomiendo que aunque el deseo sea incontrolable es mejor apartarla, porque en los hoteles cuando se va un huésped cambian las toallas y las sábanas, pero la colcha la dejan ahí el mismo tiempo que los cuadros, hasta la próxima reforma.

En los hoteles me resulta más fácil desinhibirme. Cuando estoy en una habitación de hotel tengo la sensación de que todo es provisional, que nada de lo que allí pase va a trascender. Es una sensación de desarraigo que me facilita abandonarme con más facilidad. Lo cierto es que mis experiencias sexuales menos convencionales se han producido en alguna habitación de hotel. Y alguna de las más placenteras, también.

Después de haber calmado el deseo con la primera relación y una vez apartada la colcha es el momento de tomar algo del minibar y ver un poco la tele. Con el mando vas pasando canales hasta que aparece una película porno que se corta a los cinco segundos y aparece un cartelito que te recuerda que si quieres seguir viéndola tendrás que abonar catorce con veinte más IVA. «¿La vemos?», dice él con artificial desgana, y tú contestas falsamente indiferente: «Bueno, vale, cómprala». En los hoteles el porno excita mucho más que en tu casa y a los diez minutos estás otra vez liada con tu chico y la película iluminando la cama. Me encanta esa luz de la televisión alumbrando una habitación completamente oscura. Reconozco que una de las cosas que más me gustan es tumbarme en la cama de un hotel recostada en el cabecero para mirar la pantalla y ver una película porno mientras mi amante se dedica a mí en boca y alma. Me encanta mirar cómo me lo hace. Miro a la tele, miro abajo, miro a la tele, miro abajo, miro a la tele y ya no sé ni dónde miro. Así puedo estar mucho tiempo, muchas veces, y me cuesta cansarme.

Si el chico es bueno en la cama y os acopláis bien, la noche puede ser larga, pero no eterna, así que en algún momento habrá que quedarse dormidos. Por supuesto, antes hay que ir al baño, y después de varias horas de tanto ajetreo la vejiga está que explota y el ruido puede oírse hasta la recepción, algo impropio de una señorita como tú. Lo recomendable es abrir a tope todos los grifos del baño para confundir los sonidos, incluso el de la ducha, para que se dé cuenta de lo limpia que eres.

Lo más conveniente es quedarte dormida después que él, sobre todo en mi caso, que cuando duermo hay veces que no cierro del todo los ojos y se me queda la cara un poco rara, según dicen. No solo a mí, porque las personas adultas cuando dormimos tenemos todos un poco cara de gilipollas, sobre todo si se nos queda la boca abierta. En todo caso, aunque para una mujer sea mejor quedarse dormida después que el chico, lo que resulta imprescindible es despertarse antes. No puede ser de otra forma, por lo menos durante las diez primeras veces. La noche anterior no te habrás desmaquillado, así que por la mañana se habrá corrido la raya del ojo, dejándote esa cara de trastornada que se nos queda a las mujeres cuando la raya del ojo es más ancha de lo recomendable. Además, el pelo alborotado, la marca de las sábanas en la cara y un sabor de boca asqueroso. Lo dicho: o te despiertas antes o perderás a ese chico para siempre.

A la mañana siguiente, antes de abandonar el hotel, habrá que enfrentarse de nuevo al recepcionista, que será el mismo de la noche anterior u otro compañero al que habrán puesto al corriente de quién eres, de a qué hora llegaste a la habitación y casi de lo que hiciste dentro. Preguntará con ironía si desean los señores que alguien les ayude con el equipaje, cuando sabe perfectamente que no llevamos equipaje, y preguntará con carita de guasa si, al margen de la película de pago, los señores han consumido algo del minibar. Los recepcionistas tienen un poquito de mala leche. Eso sí, la mayoría suelen ser discretos, porque si los de algunos hoteles hablaran, los programas del corazón se iban a poner las botas. Bueno, mejor no dar ideas.

# 26
# REVISTAS FEMENINAS

Tuve un novio que decía que las revistas femeninas en realidad estaban dirigidas a los hombres o a las lesbianas. Lo argumentaba diciendo que a él, que era profundamente heterosexual, le ponía mucho más el *Vogue* que el *Penthouse,* y que no entendía cómo las mujeres no nos tocábamos al leerlas. Ese tío era de pensamientos extremos, pero tenía mucha gracia. Yo, que las leo casi todas y casi siempre, creo que algo de razón sí llevaba aquel chico. Es posible que, como me dijo la amiga que os conté en el capítulo del *sex-shop,* todas las mujeres heterosexuales tienen alguna fantasía lésbica y las que no la tienen es porque no están vivas. De una manera menos delicada, mi amiga Esther dice casi lo mismo al afirmar que todas las tías somos un poco bolleras. Ella siempre con sus cosas.

La actitud de las modelos en las fotos de cualquier reportaje de moda no es sugerente: es directamente sexual. Son fotos de una niña jovencita que está buenísima que pone cara de tener unas ganas terribles de practicar sexo allí mismo o, su variante, cuando pone cara de haber experimentado hace pocos minutos varios orgasmos múltiples. Tienen esa expresión para lucir una colección de trajes de chaqueta o una de bolsos. Da lo mismo. Mucho más extremo es todo en las páginas de publicidad, donde existe casi siempre algún mensaje subliminal relacionado con el sexo, y no digamos si el anuncio es de alguna marca de ropa interior. Ahí aparece una «lolita» muy rubia, muy guapa, muy alta y muy delgada, en bragas y sujetador, con una cara de vicio que no debería tenerse a esa edad.

Al ver las revistas femeninas no sé si quieren que me fije más en la ropa o en la chica; si pretenden que desee más un traje de chaqueta o a la que lo lleva puesto; si intentan hacerme creer que con esa ropa yo voy a ser como ella, o que esa chica tiene cara de haber tenido orgasmos múltiples porque lleva colgado ese maravilloso bolso. A lo mejor las revistas quieren que lo desees todo para que las sigas comprando. Y, por lo menos conmigo, lo consiguen. Cuando las lees te conviertes en un ser egoísta, que quieres todo lo que hay en esas páginas. Desde una pluma estilográfica hasta hacer un viaje a Gambia. Te lo venden de una manera que te entran unas ganas de ir a Gambia que no te aguantas y se lo propones rápidamente a tu chico.

—Cariño, me gustaría ir a Gambia.

—¿A Gambia?, ¿qué Gambia, ni Gambia? Yo quiero ir a Fuengirola, como todos los años.

—Desde luego, a ver si evolucionas un poco, que te estás estancando.

Luego están los especiales de belleza, que salen siempre cuando se aproxima el verano y tienen como objetivo principal ponerte muy nerviosa. Se publican en los números de mayo y te dan una serie de consejos para estar estupenda dentro de unas semanas, cuando tengas que ponerte el bikini. Lo primero que te recomiendan es que bebas al menos dos litros de agua al día, y tú ilusionadísima te compras un botellón de agua que parece un extintor dispuesta a acabar con ella. Pero no es tan fácil. Misteriosamente, siempre que se intenta hacer ese tratamiento de los dos litros de agua, a los dos tragos se te quita la sed para todo el día, y acabar con el botellón es una tortura china. También te recomiendan que hagas algo de deporte; por ejemplo, un poquito de *footing*, que según decía la revista es el mejor ejercicio posible para adelgazar y estar en buena forma. Personalmente, discrepo, porque el *footing* es un deporte muy duro. Me hacía ilusión salir a correr por un parque que hay cerca de mi casa y me fui a una tienda de deportes para equiparme. Me vendieron unas mallas monísimas, una camiseta a juego de un tejido especial y unas zapatillas específicas con su aparato de música incorporado que a su vez iba conectado a un cronómetro de pulsera que medía el tiempo, la distancia recorrida, la velocidad a la que iba, el número de pulsaciones que tenía, las calorías que perdía y, lo más increíble, toda esa información te la iban diciendo por los auriculares. Total, que me gasté una pasta y perdí dos horas para aprender a manejar toda esa tecnología. Finalmente comencé a correr y lo hice hasta que ya no podía más. La cabeza me iba a explotar, el corazón se me salía del pecho, casi no podía respirar y me dolían las piernas. Completamente extenuada me detuve, paré el reloj y una voz me dijo por los auriculares: «Ha recorrido usted trescientos diez metros y ha consumido veintiséis calorías». Correr es la cosa más frustrante que he hecho jamás. Mucho más que lo de los dos litros de agua, que ya es decir.

Las revistas femeninas también tienen su sección del horóscopo en la que todos los meses, seas del signo que seas, te invitan a cambiar tu vida del todo. Siempre dicen que es un buen momento para encontrar un nuevo trabajo, o un nuevo amor, o para hacer un viaje excitante, o para tener nuevos amigos, para renovar tu fondo de armario, para iniciar la dieta. Qué empeño en que cambie de todo, si tampoco me va tan mal.

Las revistas femeninas tienen como objetivo mostrarnos todas las cosas que existen y que casi nunca podemos tener. No podremos llevar ese bolso que vale una pasta, salvo que se lo compremos de imitación a algún negrito, ni los trajes de chaqueta y la ropa interior no nos quedará nunca como a las modelos que la enseñan. Pero da igual. Además, siendo sinceras, tampoco nos apetece mucho ir a Gambia, que no sabemos muy bien dónde está.

Fuengirola tiene su punto. Con su playita para tomar el sol en una tumbona mientras lees todos los especiales de moda del verano. Mi chico siempre me los quita para ir al baño a leerlos, pero tarda mucho tiempo en salir para lo cortos que son los textos. A lo mejor es cierto y aquel novio llevaba razón en eso de que estas revistas iban dirigidas a hombres o a lesbianas. Yo qué sé. A mí me encantan.

# 27
# COSAS QUE NUNCA HE HECHO

Yo nunca he estado sin pareja estable. No sé cómo me las he arreglado, pero desde la adolescencia siempre he tenido novio. Primero uno, luego otro y luego otro, pero siempre he tenido una relación formal y nunca, que yo recuerde, he estado sin compromiso. Toda la vida he ido empalmando un novio con otro sin dejar un espacio de tiempo entre ellos que me permitiera ser libre. He llegado a pensar que siempre he tenido una pareja fija para poder ser infiel a alguien. Mis novios han sido producto de una infidelidad que sufrió el anterior y así sucesivamente. No puedo evitarlo.

Tampoco he tenido, a juicio de mi yaya, demasiada buena vista a la hora de escogerlos, porque nunca han sido lo que se suele denominar un buen partido. Es como una especie de atracción que tengo hacia los vagos o hacia los que no tienen suerte. O, como casi siempre me pasa, atracción por los vagos que no tienen suerte. Nunca he tenido un novio que tuviera dinero, ni un trabajo bueno y estable, o un adinerado empresario. Nunca me he acostado con nadie que siempre vaya vestido con traje, y lo comienzo a considerar una asignatura pendiente. Precisamente esa es en los últimos meses una de mis fantasías sexuales más recurrentes. Tirarme a un ejecutivo que siempre vaya vestido con traje y corbata y que siempre lleve maletín. Me lo imagino muy guapo, vestido de forma impecable, con los zapatos muy brillantes, perfectamente afeitado y oliendo a colonia suave. Quedamos en un restaurante carísimo y después nos vamos en un coche con chófer a una *suite* del hotel más lujoso de Madrid. Allí abre la caja fuerte y deja su maletín. No sé por qué, pero lo del maletín me pone muchísimo. Después se desnuda y muestra un cuerpazo musculoso que deja claro que al margen de dirigir todas sus empresas también tiene tiempo para ir al gimnasio. Qué hombre. Hasta ahora nunca me había fijado en ejecutivos con traje, pero últimamente me está picando el gusanillo y en el momento que vea la oportunidad intentaré hacer realidad esa fantasía.

Otra de las cosas que nunca he hecho es sexo por Internet. Ni telefónico, tampoco. Por lo menos, del bueno. Una amiga me contó que sus mejores orgasmos los había tenido mientras se masturbaba hablando por teléfono con su chico, pero yo no he tenido mucha suerte en ese campo. Una vez decidí hacerlo con un chico y en vez de excitarme me entró la risa. Tuve que fingir porque a él se le notaba excitadísimo y no quería cortarle el rollo. Creía que yo estaba tumbada en mi cama completamente desnuda y metiéndome un vibrador, y en realidad estaba con un chándal en la cocina y descojonada de la risa. Desde aquel día no lo he vuelto a probar.

Otro desastre fue el día que intenté tener una experiencia sexual en Internet. Con la ayuda de otra amiga logré entrar en uno de esos *chats* en los que después de una conversación subida de tono el tipo dijo que tenía una *webcam* y que si me apetecía verle a través de mi pantalla. Dije naturalmente que sí, porque según la conversación que habíamos mantenido a través del teclado me imaginaba a un tío muy bueno con mucha imaginación, como a mí me gusta. Lo que me encontré cuando apareció en mi ordenador fue a un tipo con cara de pez, calvo y gordo, con un pene pequeñísimo que se masturbaba mientras gritaba: «¿Quieres que te penetre?». Fue horroroso.

Acostarme con un ejecutivo, tener sexo a través de Internet, ser fiel durante más de dos meses, estar alguna semana sin pareja estable o tener un orgasmo telefónico son asignaturas sexuales pendientes en mi vida. Si antes de terminar este libro logro superar alguna con éxito, prometo escribirla.

# 28
# La necesidad y el morbo

Todavía me encuentro con mujeres que dicen que ellas no se masturban porque no lo necesitan. Están, dicen, plenamente satisfechas con las relaciones sexuales que mantienen con su marido y, por lo tanto, no precisan nada más. Lo dicen como si no masturbarse fuera algo de lo que se sienten orgullosas y de paso dejan en buen lugar a su hombre, que es el no va más como amante. Para mí esa forma de pensar, todavía vigente para muchas mujeres de cualquier edad, refleja una manera de vivir el sexo absolutamente machista a la que de forma perversa se nos ha acostumbrado durante décadas. Se trata de desprendernos del placer como algo propio y vivirlo como algo que el hombre nos proporciona. No me parece nada casual, porque si nosotras fuéramos dueñas absolutas de nuestro placer podríamos buscarlo cuando quisiéramos, y eso crea mucha inseguridad.

Las mujeres decentes, por lo tanto, son aquellas a las que el sexo les gusta lo justo: ni mucho, porque no seríamos de fiar; ni poco, para que cuando nuestro marido nos esté dando el placer que nos corresponde podamos quedarnos satisfechas sin necesidad de masturbarnos, faltaría más.

Yo, que afortunadamente no soy muy decente en esto del sexo, creo que alguien se masturba porque le da gusto y no porque lo necesite. Comiendo macarrones, carne y pescado y bebiendo agua nuestras necesidades están cubiertas y podremos vivir hasta los cien años; pero comerte una langosta a la orilla del mar con un buen vino frío una noche de verano, aunque no sea necesario, da muchísimo gusto. Contemplar el sexo solo como una necesidad y la contención como una virtud nos convierte en mujeres limitadas y muy aburridas.

El morbo no es compatible con el aburrimiento. Este puede ser compatible con el placer, pero nunca con el morbo. He tenido relaciones sexuales aburridas en las que he logrado mucho placer, pero cuando hay morbo me siento más viva. Da más morbo un amante ocasional, aunque sientas más placer con tu pareja habitual. El placer es consecuencia del conocimiento y el morbo se encuentra en lo desconocido.

El morbo es un concepto muy difícil de definir, pero que hay que buscarlo con tu pareja, aunque lleves muchos años; con otro, si no puedes con la pareja; o mejor aún, con la pareja y con otro.

Tengo una amiga casada que tiene un amante con el que habitualmente practica sexo anal. Ella dice que para hacerlo necesita estar excitadísima y que con su marido no lo logra. Ve a su amante una vez cada dos meses y con él siempre lo hace por detrás. Es su manera de buscar el morbo, y el sexo anal tiene mucho que ver con eso. Sin embargo, reconoce que su marido sabe comerle como nadie y de esa manera experimenta un gran placer. Ahora dice que necesita un tercer hombre en su vida con el que pueda experimentar orgasmos múltiples mediante la penetración vaginal. Su marido con la lengua, uno por detrás y el otro por delante la van a colmar de placer, de morbo, de gusto y de todo. Además, va la tía y se masturba, sin ninguna necesidad. ¡Cuánto vicio!

## 29
## La palabra

Me gusta hablar mientras lo hago, y sobre todo escuchar. Al principio, palabras suaves, y a medida que la cosa se pone más caliente ir subiendo el tono para acabar diciendo y escuchando guarrerías. Me gusta que mi chico me diga cuánto le gusta lo que está pasando y me pregunte si me gusta a mí. Que anticipe lo que va a hacer, que me pida algo y que me diga si le gusta cómo lo hago, que me cuente el placer que le da cualquier parte de mi cuerpo, que me diga lo mucho que le gusta mi cuerpo entero. Hablar bien en la cama es una virtud que los hombres no cultivan en exceso y a la que las mujeres no prestamos demasiada atención hasta que no llega el momento. Antes de mantener la primera relación con algún chico todas las expectativas que tengo con él son muy positivas. Cuando conozco a alguien que me gusta y si decido irme a la cama con él imagino que todo lo que va a pasar será bueno, que debajo de su ropa habrá un cuerpo fantástico; fantaseo con que el tamaño será suficiente, que me hará muchas cosas, que todas las hará bien y que yo le haré las mismas con igual destreza. Sin embargo, nunca imagino cómo hablará ese tipo en la cama. Y mira que imagino cosas. Me excita pensar en lo que va a pasar dentro de unas horas cuando decido que voy a irme a la cama con algún chico que me guste, aunque él no tenga nada claro que yo ya he tomado esa decisión. Puede estar el chaval hablando de lo mucho que le gusta el norte para veranear y yo puedo estar imaginando lo suavemente que besará mis pechos. Lo fantaseo todo menos si sabrá o no hablarme en la cama. Y luego pasa lo que pasa.

Tuve una relación de un par de meses con un chico que no hablaba absolutamente nada mientras lo hacíamos. Era una situación desesperante. Follamos unas diez veces y no le saqué ni una sola palabra. Llegó a obsesionarme que aquel chico dijera algo en la cama, aunque solo fuera un «sí» a mi pregunta «¿te gusta?» cuando le estaba haciendo algo. Ni contestaba, ni preguntaba. Algún gemido, tampoco gran cosa, y ni una palabra. Con la intención de motivarle comencé a exagerarlo todo: sobreactuaba los movimientos, gritaba más de la cuenta, de mi boca salían obscenidades fuera de tono. En fin, que yo no era yo; era una mujer histérica por que ese chico expresara verbalmente su deseo o su placer. Una noche me desesperó tanto que le dejé mientras lo hacíamos. Yo estaba encima, y mirándole a los ojos le dije «se acabó». Él siguió callado y yo seguí moviéndome. «¿No dices nada?», insistí. Silencio. Me agarró fuerte por las caderas, me empujó con mucha fuerza hacia abajo y noté muy adentro cómo terminaba nuestra última relación. Todavía dentro de mí, con todo su vigor intacto a pesar de haber acabado y con sus manos en mis caderas apretando fuerte hacia abajo me preguntó:

—¿Por qué me dejas?

—Porque no soporto tu silencio mientras lo hacemos.

—Pensé que no te gustaba que te hablara —contestó sorprendido.

—¿Qué dices? —repliqué—; necesito que me hablen mientras hago sexo.

—Pues haberlo dicho. Si me hubieras dicho que te gustaba, yo lo hubiera intentado.

Me quedé sorprendida. Aquel tipo no me hablaba porque pensaba que a mí me encantaba su silencio. Antes de poder contestarle, él sentenció:

—Que sepas que esta relación se acaba por tu silencio y no por el mío.

Sus manos, todavía en mis caderas, empujaron ahora hacia fuera y quedé definitivamente vacía, desnuda en mi cama. Una vez más descubrí que es mejor pedir lo que te gusta que dejar que lo adivinen. La palabra es el mejor estímulo sexual.

# 30
# Relaciones inadecuadas

Conté capítulos atrás que a juicio de mi yaya nunca he sido demasiado hábil para elegir a los novios, porque nunca he tenido ninguno que fuera de verdad un buen partido. Mi yaya quería lo mejor para mí, y ahora comprendo las caras que ponía cuando conoció a algunos de los sujetos que le presenté como novios en mis primeros escarceos de adolescencia.

Mis relaciones nunca han sido interesadas y algunas fueron verdaderamente inadecuadas. Ese tipo de relaciones que nada más acabar el primer impulso ya sabes que has metido la pata, esas que a los diez segundos de concluirlas sabes con certeza que aquello ha sido un error. Haciendo memoria para este libro he recordado mis dos primeras relaciones inadecuadas, de las muchas que he tenido a lo largo de mi vida. Fueron las dos en 1989, el año en el que perdí la virginidad. Mis relaciones inadecuadas ese año fueron con mi primo segundo y con el hermano de mi novio.

Con mi primo me veía muy poco porque vivíamos en ciudades diferentes y apenas coincidíamos, salvo en algunos días de las vacaciones de verano en los que los padres, primos hermanos entre sí, se veían en la vieja casa del pueblo para contarse lo bien que les iba, algo que no era del todo verdad, pero que convenientemente exagerado parecía que no era del todo mentira. Mi primo y yo habíamos nacido el mismo día, pero salvo eso nunca tuvimos nada en común. De pequeños nos llevábamos fatal y siempre acabábamos discutiendo, algo que yo aprovechaba para pegarle, porque a pesar de tener exactamente la misma edad mi desarrollo fue más rápido y le doblaba en tamaño y fuerza. Supongo que para él sería de lo más doloroso que además de recibir una buena paliza de su prima, mi tía Katy, su madre, le humillara con frases como «¿Y te dejas pegar por una niña? Anda que vaya mierda de niño que estás hecho». Mi tía Katy siempre ha sido en líneas generales bastante hija de puta.

Mi primo y yo nunca habíamos jugado a los médicos, porque de pequeños no teníamos mucha conexión, salvo la que había cuando mi mano conectaba repetidamente con su cara. Esa crueldad se me fue pasando con los años y a mi primo también se le fue pasando esa cara de bollo que siempre tuvo, y de repente, de un verano para otro, mi primo ya no era mi primo. Se había convertido en un tío bueno con el que querían estar todas mis amigas del pueblo. Así que, sin saber por qué, dejé de mirarle como a mi primo y él debió de hacer lo mismo cuando una tarde bochornosa de agosto me invitó a su habitación para enseñarme su colección de cómics. En el salón de la casa estaban los padres contándole a los vecinos lo bien que les iba, mi madre hacía la cena en la cocina y mi tía Katy perseguía en la calle a un perro a escobazos porque decía que se había meado en la puerta. Que nunca fuera nadie capaz de encerrar en un manicomio a aquella mujer me demuestra que la justicia tiene muchas lagunas.

Las voces de su madre no ruborizaban a mi primo, que me invitó a sentarme en la cama para enseñarme su colección de tebeos. Eran finales de los ochenta y yo no tenía ni idea de que existieran cómics eróticos. Mi primo se sentó a mi lado en la cama y al pasar la cuarta hoja del primer tebeo me puso una mano en una teta y allí la dejó. Se puso colorado como un tomate, pero su mano seguía allí completamente inmóvil apoyada en mi teta, como si se le hubiese olvidado. Debieron de pasar dos o tres minutos con la mano de mi primo en mi teta, una eternidad, los dos completamente inmóviles y mirando a la pared de enfrente. Parecía haberse detenido el tiempo hasta que un grito de mi tía Katy, que seguía persiguiendo con saña a aquel pobre chucho, nos sacó de ese estado catatónico y comenzamos a besarnos compulsivamente encima de aquella cama nido. Tuvimos, a pesar del parentesco, una relación completa técnicamente hablando, aunque ni siquiera llegamos a desnudarnos del todo. Fue algo rápido, tremendamente excitante y muy irresponsable. Desde ese día hasta que un par de semanas más tarde supe con certeza que mi tía Katy no iba a ser la tía-abuela de mi hijo no pude dormir tranquila.

Mi primo segundo fue la persona con la que cometí mi primera infidelidad, porque yo ese verano de 1989 estaba saliendo todavía con mi primer novio, ese con el que perdí la virginidad en casa de sus padres unos meses atrás.

Mi segunda infidelidad y mi segunda relación inadecuada fue con el hermano mayor de mi novio, que, visto con la perspectiva de los años, era de verdad el que a mí me gustaba. Tenía veinte años y tenía coche. Dos cosas poco habituales en nuestro entorno de adolescentes. Aquel tío era tan mayor y tan inaccesible en su Peugeot 309 rojo que era normal que una cría como yo cayera rendida a sus encantos a las primeras de cambio. Sucedió después del verano, antes de empezar COU, que para los más jóvenes que no lo sepan era el último año de instituto en el anterior plan de estudios. El último viernes antes de empezar las clases mi novio tenía gastroenteritis y yo quedé con unas amigas para apurar el que considerábamos el último fin de semana del verano. Cenamos en casa de una de ellas y allí nos arreglamos para ir al Poody, la discoteca de moda en aquella época a la que iba gente mayor. Tan mayor, o incluso más, que el hermano de mi novio, al que me encontré en la barra nada más llegar. Me invitó a un vodka con naranja, que era lo que yo bebía en esa época, y empezamos a bailar.

Me sentía viva bailando en el Poody con aquel chico tan guapo que además tenía coche. No hablamos ni una sola palabra de la persona que nos unía y que en ese mismo momento estaría sentado en la taza del váter, padeciendo dolor de tripa. Pobre.

Su hermano y yo nos enrollamos detrás de una columna que había al lado de la barra del Poody. Mis amigas estaban desperdigadas por la discoteca y mi cuñado me invitó a ir en su coche a un sitio apartado. Yo quise dar la impresión de ser una mujer con experiencia que no iba a sorprenderse por esa proposición. Nos montamos en aquel Peugeot 309 rojo y me llevó a un aparcamiento en el que había otra docena de coches con parejas en los asientos de atrás. Era la primera vez que lo hacía en un coche y fue también la primera vez que alguien me hizo sexo oral. Me dio muchísima vergüenza; no podía relajarme durante aquella experiencia que en ese momento viví como algo sucio y que además me hacía cosquillas. Al terminar me llevó a mi casa y nunca más supe de él. Fue la primera y última vez en mi vida que fui infiel a un novio con alguien cercano a él. Lo achaco a que era muy joven, porque los cuernos se ponen con respeto, como ya contaré más adelante.

Supongo que los dos hermanos hablarían de nuestra experiencia en el 309 y mi novio me dejó sin avisar. A mí me daba vergüenza lo que había pasado y tampoco quise dar la cara. Ni uno ni otro nos volvimos a llamar. El silencio dio por concluida nuestra relación. No hace mucho vi a los dos hermanos en una terraza de una cafetería con dos mujeres y rodeados de niños. Los encontré mayores, con mucha barriga y casi calvos. De repente pensé en que han pasado ya dieciocho años desde aquel 1989, el año en el que descubrí el sexo. Reflexiono, y en mi primer año estuve con tres hombres distintos y fui dos veces infiel.

Yo ya prometía mucho desde jovencita.

# 31
# La llamada

Son las once de la noche y yo estoy comiéndome una pera de postre mientras veo *House*. Suena el móvil. En la pantalla aparece el nombre de «Eduardo, editor». Un hormigueo ataca mi estómago.

—¿Sí?

—Hola, soy Eduardo; perdona que te llame tan tarde.

—No pasa nada; estoy terminando de cenar.

—¿Y qué vas a hacer ahora?

—Pues irme a la cama. ¿Por qué?

—Por nada. Es que he leído los últimos capítulos que has mandado.

—¿Y...?

—Me han gustado; me reí mucho con el de las revistas femeninas.

—Me lo pasé bien escribiéndolo.

—Se nota.

—Perdona, Eduardo: ¿quieres decirme algo?

—¿Estás sola?

—Sí.

—Es que también he leído el de «cosas que nunca he hecho».

—¿Y...?

—Que me gustaría proponerte hacer sexo telefónico.

—Eres un descarado.

—Y a ti te encanta que lo sea.

—Ya sabes que no he tenido una buena experiencia en ese sentido.

—Dame una oportunidad. Dicen que soy muy bueno haciéndolo.

—La verdad es que tienes una buena voz.

—Yo estoy en un hotel de Barcelona solo en mi cama. Si te apetece tener esta experiencia, túmbate en tu cama, enciende una vela, apaga las luces y llámame. Te espero.

Y colgó. Yo me quedé allí con mi pera a medio comer con la certeza de que ese tío me volvía completamente loca. Me daba muchísima vergüenza llamar, pero mi editor con una simple propuesta telefónica me había puesto al límite. Tenía la mente en blanco mientras caminaba por el pasillo camino de la habitación, pero casi sin pensar fui haciendo justamente lo que Eduardo me había indicado. Muerta de vergüenza estaba tumbada en mi cama, con una vela encendida, las luces apagadas y marcando «Eduardo, editor».

—Sabía que ibas a llamar.

—Estoy muy cortada.

—¿Qué llevas puesto?

—El pijama.

—Desnúdate.

—¿Ya?

—Yo ya lo estoy.

—Espera.

—¿Ya?

—Sí.

—¿Del todo?

—Completamente.

—Ahora coge tu móvil con una mano, deja la otra libre y no hables; solo escucha y haz lo que yo te diga.

—No estoy segura de que funcione.

—Te he pedido que no hables.

No dije ni una sola palabra. Me dejé llevar haciendo exactamente lo que me pedía. Cada vez me fui relajando más hasta llegar a un punto en el que parecía estar drogada. Apagué la vela y me quedé completamente a oscuras escuchando la voz de Eduardo, que seguía pidiéndome cosas y contándome las que él hacía. Parecía imposible que una voz pudiera estimularme tanto y una sola mano proporcionar tanto placer. Estaba tan excitada que pocas veces he tenido tantas ansias de acabar. Me recuerdo de rodillas en mi cama, mirando al cabecero, escuchando a Eduardo cómo me marcaba el camino para llegar al final. No me lo podía creer; grité, me desplomé sobre la cama, colgué sin despedirme y apagué el teléfono. Tumbada, inmóvil, estuve hasta que me quedé dormida. Por la mañana leí un SMS de Eduardo que decía: «Volvemos a hablar cuando tú quieras. Besos».

# 32
# EL EMBARAZO

El embarazo es un período en la vida de las mujeres en el que nuestros sentimientos son casi siempre extremos, están a flor de piel. Hay momentos en los que tienes tanto amor que no das abasto para compartirlo y te pones a llorar sin ningún sentido; otros en los que no estás de humor y maldices todo lo que te rodea; otros en los que comes compulsivamente; otros, a partir del cuarto mes, en los que no te reconoces cuando ves en el espejo a esa mujer sin cintura, y así un sinfín de experiencias. Hay un montón de libros sobre el embarazo donde explican científicamente todos nuestros cambios hormonales para comprender exactamente y con enorme rigor lo que nos pasa a lo largo de esos nueve meses. Están en las librerías y pueden consultarse. Yo, sin embargo, que tengo la oportunidad de escribir un libro, no me resisto a contar aquí mis vivencias durante la gestación. Y como el libro que escribo es de sexo, pues enfoquémoslo sobre este particular.

Mi primera relación sexual embarazada, que yo sepa, fue el día que a mi chico y a mí nos dieron la noticia de que íbamos a ser papás. La última fue diez días antes del parto. La primera fue todo ternura; la última, un espectáculo cómico.

Al principio es casi todo igual, pero cualquier elemento que tenga que ver algo con sexo salvaje desaparece de súbito en las relaciones de pareja. Tu chico cambia su forma de hacerlo y se convierte en alguien desesperadamente delicado. «Cariño —te dice—, es que me da cosa; a ver si se va a lesionar la criatura». Los hombres ya sueñan con que su hijo sea futbolista y comienzan a emplear el verbo adecuado. A pesar de esa delicadeza, hasta el quinto o sexto mes, aunque con más tripa y menos cintura, las relaciones son más o menos iguales que antes de haberte quedado embarazada. A partir del sexto mes todo cambia, por lo menos para mí y para bastantes mujeres con las que he compartido confidencias en este sentido. En ese fatídico mes a mí me entran unas ganas de sexo que me resultan difíciles de contener y que no puedo aliviar, por lo menos en pareja. Tu chico comienza a mirarte como el que mira a un cachalote, con un interés casi científico, preguntándose qué fue de aquella chica tan mona que hace unos meses llevaba tanga, y no esa señora con bragas enormes que llegan debajo de las tetas. «Cariño —le dices—, es que embarazada retienes más líquidos». Yo retuve, vaya que si retuve. Una semana antes de parir pesaba dieciocho kilos más que cuando me quedé embarazada. Mi hijo pesó 2,400 kilos, así que la diferencia era más de quince kilos de retención de líquidos.

Los últimos tres meses de embarazo te mueves cada vez con mayor dificultad; si es verano, como fue mi caso, todavía peor. Las ganas de sexo, también como fue mi caso, eran asimismo cada día mayores. Así que acosaba a mi chico, al que tenía exhausto. Meses después me reconoció que muchos días fingía estar dormido para que le dejara tranquilo. No me extraña. Durante el embarazo a mí no me apetecía sexo en solitario, que hacía cuando no quedaba más remedio; ni tan siquiera sexo oral, que mira que me gusta en condiciones normales. Lo que a mí me ponía de verdad durante el embarazo era el coito. Sin embargo, todas las posturas con una barriga enorme son casi imposibles. Olvídate del misionero, porque tu chico aplasta a la criatura; si tú te pones encima la barriga le aplasta a él; a cuatro patas la barriga queda sin sujeción y te da la sensación de que el niño va a marearse... Total, que aquello se convierte en un acto tan frustrante como poco estético. El último día nos entró la risa cuando, estando yo encima, casi ahogo a mi chico con uno de mis enormes pechos, a los que en mi caso fueron gran parte de los quince kilos de retención de líquidos. «Cariño —me dijo—, no puedo más. Vamos a dejarlo hasta después de dar a luz».

Ahí lo dejamos hasta después de dar a luz. Para ser precisa, hasta mucho tiempo después de dar a luz. El bebé estaba en casa, y si el embarazo me dio unas ganas enormes de hacer sexo, la nueva criatura me las quitó durante mucho tiempo. El sexo y los bebés. Eso es un capítulo aparte.

# 33
# El sexo y los bebés

El niño ya está en casa. Y con él vienen muchas dudas. Y junto a las dudas vienen también tu madre y tu suegra, que por supuesto no podía faltar. La casa se llena de gente. Y de cosas. La bañera, el cambiador, dos cochecitos, uno de cada familia —«Cariño, ya te dije que nos lo regalaba mi hermano; es que tu hermana siempre tiene que meterse en medio»—, la cuna, pañales, los *walkies,* o como se llamen esos aparatos que sirven para oír al niño cuando llora y que en los modelos más sofisticados no solo se les oye, también se les ve cuando duermen. ¡Angelitos! Lo malo es que el niño nunca duerme de noche, por lo menos que tú sepas. Yo no lo recuerdo durmiendo nunca. Cientos de toneladas de cremas para el cuerpo, para el culo, para la cara, para el pelo, que no tiene, pero da igual: también hay una crema específica para el pelo de los niños —«Claro, cariño, así le sale luego más fuerte»—; los biberones, las tetinas, los chupetes, los termómetros, el esterilizador, el sacaleches, la leche de ayuda, la leche que le dieron.

Las visitas nunca ven la hora de irse, especialmente tu madre y tu suegra, que desde que vieron a su nieto en el hospital han comenzado una competición sin cuartel a ver quién es la más en todo. La primera rivalidad se produce a la hora de llegar por la mañana, y a eso de las ocho ya están llamando a la puerta. No se vaya a adelantar la otra y les coma el terreno. Desde ese momento, y hasta las once de la noche, se instalan en tu casa «para ayudar». Las abuelas desarrollan de repente una desorbitada capacidad de memoria. Te cuentan sus partos y pospartos con todo lujo de detalles una y otra vez, cientos de anécdotas que ya te sabes sobre tu infancia y la de tus hermanos y, lo que es peor, tienes que escuchar las que cuenta tu suegra sobre el nacimiento y la infancia de todos sus hijos, con especial hincapié en las enfermedades de todos ellos. Las dos compiten a ver a qué familia se parece más la criaturita y sobre todo ponen siempre cara de desaprobación a todo lo que hace su consuegra en lo que concierne al tratamiento y cuidado del bebé. Durante los dos primeros meses tu chico y tú sois dos seres desbordados por los acontecimientos, que ni recuerdan qué era aquello del sexo.

Transcurrido ese período hay un primer momento en el que de repente te acuerdas de que además de una madre también eres una mujer. El padre de la criatura asimismo está por la labor, y por fin, después de tanto tiempo, tu chico y tú volvéis a iniciar una relación sexual. Todo queda en eso, el inicio, porque en el momento que aquello comienza a ponerse medio bien el bebé, que todavía duerme a vuestro lado, tose. Os desconcentra un poco, pero os hacéis los sordos. El niño vuelve a toser. Ese es el momento en el que a todos los padres y madres les entra el pensamiento catastrófico de que el niño se va a ahogar y te embarga un cargo de conciencia tremendo al pensar que tu hijo se está poniendo morado por la falta de oxígeno y tú allí haciendo guarrerías. Mala madre, que eres una mala madre.

Hay varios intentos fallidos, porque si no tose, llora; y si no, le toca comer; y si no, se hace caca; y si no, vomita. Los dos adultos que hay en esa habitación estáis cada vez más cansados y una vez más lo dejáis para mañana.

Más o menos en el cuarto mes decidís, no sin un enorme cargo de conciencia, haceros un viajecito de fin de semana y dejar el niño con alguna abuela. Decidís echarlo a suertes y armaros de valor para comunicar a la no afortunada en el sorteo que su nieto va a quedarse dos días enteros con su consuegra. Superado ese dificilísimo trance, os vais a un parador para por fin poder mantener un contacto adulto. No resulta fácil, porque de nuevo en el mejor momento de la relación te acuerdas de tu bebé y de cómo estará; si tu suegra, que fue la afortunada en el sorteo, estará roncando y no oirá el llanto de tu hijo que tiene hambre, o lo que es peor, que le entre la tos y tu suegra no se entere y el niño arrastre las sábanas hacia su cara, el pobrecito, y se ahogue, sin que nadie le atienda, y... «Cariño, ¿te pasa algo?», interrumpe tu chico, que seguía ahí encima y tú que ni te acordabas.

De todas formas, el fin de semana en el parador da para mucho y finalmente acabas manteniendo una relación sexual completa y satisfactoria. Será la primera después de varios meses y a partir de ahí vendrán más. No hay que perder la esperanza. La vida sexual es posible después de tener un bebé. Si acabas de dar a luz, ya sé que no me creerás; pero ten fe, que algún día volverás a hacerlo. Por cierto, aunque tampoco lo creas, es dificilísimo que un niño se ahogue porque tosa un poquito. Relájate.

# 34
# SESENTAYNUEVE

Me acabo de dar cuenta de que estoy escribiendo en el folio 69 del texto original. Me gustaría reflejar que a mí personalmente el «sesentaynueve» es una práctica sexual que no me termina de convencer, porque hay que estar a lo que se está. Y si una está esmerada haciendo las cosas no puede disfrutar de lo que le hacen. Y al revés, lo mismo. Si me gusta lo que me hacen, no puedo concentrarme en lo que hago, y se me van los dientes y le hago daño y aquello es un desastre. En fin, que hay cosas que no terminan de gustarme y aquí las digo, que para eso estoy escribiendo un libro de sexo. Por cierto, que ya estoy en el folio 70.

# 35
# Abstinencia

Dicen que la última moda en sexo es la abstinencia. Las publicaciones más *snobs* hacen reportajes sobre esta modalidad que más o menos trata de evitar todo el desgaste que el sexo nos produce en nuestra mente. La teoría es fácil y hace mucho tiempo que está inventada. Cuanto más lo haces, más quieres, y cuanto menos lo practicas, menos te apetece. No hace mucho he descubierto con algunas amigas que pasar por períodos largos de abstinencia sexual es algo más frecuente de lo que yo creía. Un caso extremo me lo confesó una amiga no hace mucho mientras cenábamos, y todavía sigo perpleja. Esta chica llevaba cinco años sin tener relaciones sexuales con su marido. Cinco. Después del primer año de casados entraron en una crisis de falta de apetencia por distintas causas, y hasta la fecha. Al principio pensaron que poco a poco irían recuperando las ganas, pero fueron pasando los días, y las semanas, y los meses, y así hasta completar cinco años durmiendo juntos, conviviendo, pero sin practicar sexo en pareja. Hace dos años que mi amiga tiene un amante y desconoce si su marido tiene por ahí alguna otra amiga. El caso es que ella hasta que se acostó por primera vez con ese amante se pasó tres años sin sexo; ni tan siquiera, me confesó, se masturbaba, porque no tenía ninguna gana y nunca lo echó de menos. El amante de mi amiga es un ejecutivo que viene a Madrid una vez al mes, llama a mi amiga y follan en un hotel. Así hasta el mes siguiente. Mi amiga quisiera verle más, pero él se niega rotundamente. Dice que una vez al mes, y punto. La existencia de este amante es conocida por la madre de mi amiga, que convive junto a su hija y su yerno. La madre llama María Pilar al amante para hablar de él sin problemas en presencia de su yerno. «¿Cuándo viene María Pilar —pregunta a mi amiga en mitad de la cena—; estarás deseando verla?». El marido sigue cortando el filete, ajeno, según mi amiga, a la amistad de su mujer con esa tal María Pilar. Mi amiga dice querer mucho a su marido y hace varios meses que ambos acuden a un terapeuta sexual para solucionar el problema de una abstinencia que dura más de cinco años. La farsa es aún mayor porque mi amiga conoce a la terapeuta, que a su vez sabe de la existencia de María Pilar. De momento, la terapia no ha dado resultados, porque el matrimonio sigue sin hacerlo y sin ganas.

Esta historia, que parece tan extrema, no es tan infrecuente, por lo menos en cuanto al deseo se refiere. No conozco a ningún otro matrimonio que pase cinco años sin hacerlo, pero sí conozco algunos, especialmente a las mujeres, que llevan ese tiempo y mucho más sin follar con ganas. El deseo hacia sus maridos ha desaparecido por completo, no les apetece estar con él; en el mejor de los casos, les resulta indiferente, cuando no les da cierta repulsión. Sin embargo, ahí siguen, haciéndolo con ellos cada dos sábados para que no se diga. Y así un mes tras otro, un año tras otro, y sin pensar en la remota posibilidad de cambiar nada, ni acabar con esa relación, ni tan siquiera de buscarse a alguna «María Pilar», aunque solo sea para una vez al mes. Sus maridos, los que pueden, tienen alguna amante, y los que no, pagan a amantes por horas. Son matrimonios que se comportan socialmente de manera irreprochable y piensan seguir haciéndolo el resto de sus días. Que les vaya bien; pero yo no concibo una vida sin sexo, ni tan siquiera una vida con sexo sin ganas.

Por cierto, que yo creo que la terapeuta de mi amiga está liada con su marido y pasan el rato hablando de ella, de su madre y de María Pilar. Vaya lío.

## 36
## EL COMPROMISO

—Me estoy tirando a mi guitarrista.

—¿Y qué tal?

—Bien, porque en cuanto se ponga pesado, le echo del grupo.

—Si fueras un tío te escupiría por machista.

—Nena, yo no soy un tío y tú me quieres mucho.

—Eso sí es verdad.

Mi amiga Esther ha formado un grupo de rock. Ella compone y canta. Mi amiga Esther es como de otra época. Creo que si hubiera nacido quince años antes, ella hubiera inventado la movida madrileña. Mi amiga Esther es un ser libre. Es una artista que trabaja sin parar, que crea sin parar, que vive sin parar, que ama sin parar. No me encuentro a muchas mujeres como ella y para mí es un referente al que acudo cuando quiero algo y no me atrevo a cogerlo. Esther opina que a todas las personas, y en especial a las mujeres, nos educan para no ser felices, y contra eso hay que rebelarse. Esther es, en todos los sentidos, una persona muy profunda.

El otro día nos reíamos juntas leyendo un reportaje de sexo que publicaba una de las revistas femeninas que yo compro religiosamente todos los meses. El reportaje hablaba de una nueva forma de relación, importada de Nueva York, denominada el *fuckfriend.* Explicaba la revista que muchas mujeres quedaban con amigos a cenar, a charlar, a contarse cosas, y al final de la velada, en lugar de irse cada uno a su casa, mantenían una relación sexual sin compromiso. Mi amiga Esther no salía de su asombro. «¡Qué novedad!, ¿de dónde dices que lo han importado? *Fuckfriend,* ¡no te jodes!, ¡anda que no he tenido yo de esos!». Esther considera que la pasión dura unos dos meses y que a partir de ahí, si has sabido exprimir bien a tu *fuckfriend,* hay que renovarlo por otro. «Nena, un tío no puede durarte nunca más que un bolso».

Esther se enfada mucho cuando alguien le dice que ella huye del compromiso. Dice que ella de lo que huye es de la posesión, no del compromiso. Lo que pasa es que la gente confunde esos conceptos. El compromiso es querer estar junto a alguien, mientras que la posesión es querer ser suya. Y yo no soy de nadie. Las parejas se estructuran desde la posesión, no desde la libertad. Tenemos una maldita obsesión de poseer al otro porque así es de la única manera de sentirnos seguros. Por culpa de la maldita posesión, por ese «tú eres mía» o el «si me dejas me muero», que a algunos horteras les parece tan romántico, es por lo que mueren decenas de mujeres al año. O por lo que cientos de mujeres putean a sus maridos —que de todo hay— si estos cometen la indecencia imperdonable, por ejemplo, de marcharse con otra. «Ah, ¿que te vas?; pues te vas a cagar». Y denuncias falsas, y no verás a los niños, y te dejaré sin un duro, y... Toda esa basura es por culpa de la posesión, y de eso sí hay que huir.

Yo he hecho míos los pensamientos de Esther, a la que por su manera de vivir algunos tachan de superficial.

Su grupo de rock suena muy bien, tiene mucho rollo, y, aunque para minorías, hará conciertos muy divertidos. Tienen un tema llamado *Estoy muy mojada* y otro que es *Lo hago siempre muy bien.* El nombre de la banda es Amoral, y seguramente, salvo la líder del grupo, habrá un constante cambio de músicos.

# 37
# El intercambio

Llevaba Carlos varios meses hablando del tema. Primero con indirectas, luego de manera un poco más explícita y más tarde exponiéndolo abiertamente. Mi chico quería hacer un intercambio de parejas. Yo me reía primero de las indirectas, me negué con rotundidad cuando lo propuso de manera más explícita y pospuse la cuestión con un «ya veremos» cuando me lo confesó abiertamente. Hay cosas que dan miedo, y esta era una de ellas. Miedo a lo desconocido, a cómo serán esos lugares donde se hacen esas cosas, a cómo me sentiría viendo a Carlos haciéndolo con otra, a si yo podría estar con otro delante de él. No creo que ninguno de esos miedos sea muy original, y ante tantas dudas tu mente dice que ni de coña vas a hacer tú eso. A los dos minutos de empezar a planteártelo se te quitan las ganas del todo. El intercambio de parejas, dicen las que lo practican, es una experiencia peligrosa que debe hacerse siempre cuando la pareja pase por un buen momento, porque si existe cualquier tipo de problema este se agrandará y casi seguro la pareja no sobrevivirá a un intercambio.

El intercambio de parejas es un tema que la mayoría de personas rechaza de plano, pero he observado que siempre que zapeo y hay algún reportaje o programa que hable del tema ambos se quedan mirando un buen rato sin cambiar de canal. La gente no lo practicará mucho, pero interés sí les produce. Otra regla que casi siempre se cumple en el intercambio de parejas, cuentan sus asiduos, es que es el hombre el que suele proponerlo por primera vez, pero que cuando acepta es la mujer a la que más le gusta y la que más desea repetir. Por algo será. Un día, después de ver en la tele un reportaje sobre el tema, le dije a mi chico que podríamos intentarlo algún día.

Londres es una de las ciudades europeas que más me gusta. Roma es más bonita; París, posiblemente también; pero Londres es mi preferida. Para los españoles, los ingleses tienen muy mala fama, pero mi experiencia personal no tiene nada que ver con eso. Los que yo me he encontrado me han parecido gente muy respetuosa, amable, humilde y muy divertida. Conocí Londres con doce años, en un intercambio —otro tipo de intercambio, naturalmente— para aprender inglés. Después he hecho allí algún trabajo puntual, y he ido un montón de veces de vacaciones, desde una quincena en verano hasta escapadas de fin de semana siempre que puedo.

Si voy de capricho y solo para un par de noches me quedo en el Hotel Sanderson, que vale una pasta, pero que, de tarde en tarde, es un lujo que me permito. Si voy para más tiempo busco otras opciones, porque más de dos días en ese hotel supone un agujero en la cuenta del que te acuerdas durante un año.

El Sanderson es un hotel que a partir de las nueve de la noche me inspira a hacer cosas malas. Además, a mí en Londres no me conoce nadie, y eso sí que inspira. El Hotel Sanderson tiene un vestíbulo enorme, moderno, elegante. A la derecha, una barra de veinte metros para tomar copas, y más al fondo aún, un restaurante de lujo en el que atienden camareros y camareras guapísimos. La verdad es que todo el mundo que entra en el Sanderson parece más guapo.

Mi chico llevaba una semana enganchado a Internet, preparando el viaje. Entraba en un montón de *webs,* mandaba *mails,* hablaba por teléfono en inglés, conectaba la *webcam,* pero no me contaba nada de lo que hacía. Era una sorpresa.

Llegamos a Londres y hacía un sol espléndido. A mí cuando llego a Londres me da un poco de rabia que haga sol, la misma que si voy a Ibiza en julio y llueve todo el rato. De cada sitio esperas una cosa, y yo en Londres disfruto con las nubes. Era viernes y llegamos al hotel a la hora de comer. A la hora de comer en España, que en Londres a esa hora es imposible comer. En recepción nos dieron la llave y subimos a la cuarta planta. Al abrir la puerta de la habitación no daba crédito al ver aquella pedazo de *suite.* Por un momento me temblaron las piernas al pensar lo que aquello valdría cada noche, pero, antes de decir nada, Carlos se anticipó con un inquietante: «Tranquila, que nos hacen precio». «Ya, pero ¿qué precio?», dije sin muchas ganas de saberlo.

La verdad es que la habitación era maravillosa y daban ganas de quedarse allí, sin salir. Y más con ese sol. Pedimos unos sándwiches en la habitación y nos echamos una siesta, no sin antes estrenar desnudos aquella cama de dos por dos que además tenía dintel, algo que a mí me hacía mucha ilusión. El polvo que echamos fue más bien discreto, sin mucha ceremonia, aunque la siesta de después fue espectacular. Nos despertamos pasadas las ocho, que es muy tarde para despertarse de una siesta en cualquier parte, pero mucho más en Londres, que a esas horas ya hace rato que han cenado. Mientras me duchaba oía a mi chico cómo no paraba de hablar por teléfono con su perfecto inglés, y aunque ni le escuchaba ni le entendía demasiado bien, sí pude intuir que quedaba con alguien. Yo no quise preguntar con quién.

Fuimos a cenar a un restaurante italiano para turistas que hay justo enfrente del hotel y en el que sirven hasta tarde, y de ahí, a tomar una copa a un sitio que, según me explicó, había encontrado por Internet. En la puerta supe perfectamente de qué iba aquello. Nada más entrar, mi chico dijo su nombre a una señora elegantísima que había en la puerta, que enseguida le reconoció y nos invitó a quitarnos los abrigos. Por la confianza de ambos, seguro que era con ella con la que llevaba hablando por teléfono toda la semana. Mi chico habla un inglés perfecto, y aunque el mío no lo es tanto, sí me dio para entender que esa señora era la dueña del local y que todo el mundo que había allí era un público muy escogido de distintos lugares del mundo. Poco a poco fui descubriendo que mi chico había organizado aquella noche con un esmero que me emocionaba. Aquella señora elegante se llamaba Carmen, algo incomprensible porque no pronunció ni una sola palabra en español. Carmen, me contó mi chico al sentarnos en una mesa, había seleccionado de distintos lugares a treinta parejas y a diez chicos y diez chicas más sin compromiso para pasarlo bien en aquel lugar aquella noche. Tardé un rato en dejar de temblar de los nervios. La gente se iba presentando con total naturalidad, se bromeaba, había respeto y buen rollo. Todo el mundo hablaba en inglés, nadie se conocía entre sí y, lo más importante, nadie tenía ni idea de quién era yo. De repente, casi sin darme cuenta, estaba hablando en la barra con un tipo moreno y Carlos detrás de mí haciendo lo mismo con una chica muy alta. Eran de Boston, eran guapos y eran pareja. Nos presentamos los cuatro y Carlos propuso que nos sentáramos en una de las mesas. Yo me puse muy nerviosa, muy excitada, muy celosa, muy enfadada, muy contenta. El tipo de Boston se llamaba Winston, como el tabaco, y de los mismos nervios hice un chiste malo con su nombre que ellos afortunadamente no entendieron y que Carlos supo disculpar. Tengo que reconocer que ella me cayó muy bien. Se llamaba Paty, era educada hasta el extremo y me trató con mucho cariño. Qué menos, pensé yo, si dentro de un rato posiblemente se va a tirar a mi chico. Me di cuenta de que ese pensamiento no me importaba, no me provocaba ningún dolor. Más bien, todo lo contrario. Imaginar a aquella mujer elegante con Carlos y yo verlo me empezó a excitar. «Me estoy excitando», confesé al oído de Carlos. «Cuánto me gustas», contestó.

Además, había que reconocerlo, el tal Winston tenía un punto exagerado. Carlos explicó con su perfecto inglés a nuestros amigos que no nos gustaría entrar en las habitaciones de aquel local y que preferíamos ir a tomar una copa a nuestro hotel. Media hora más tarde los cuatro estábamos en la barra del Sanderson, rodeados de gente ajena a lo que nos traíamos entre manos aquellas dos parejas. Si alguna vez en mi vida iba a hacer un intercambio, ese era el día; los de Boston eran la pareja ideal, y la *suite* de hotel, el mejor de los lugares. Todo era perfecto.

En la habitación volvieron los nervios, pero poco tiempo. La excitación me pudo y decidí abandonarme a que me sucediera cualquier cosa. Hubo momentos en los que me sentí extraña viendo a Carlos haciendo a otra lo que habitualmente me hacía a mí, pero aquella situación tenía tanto morbo que lo pudo todo. En una ocasión perdí la referencia y no supe con quién tuve un orgasmo. Porque orgasmos tuve con los tres que al margen de mí estábamos en aquella cama. Con Paty, también, que ya que intercambiábamos, pues que fuera un intercambio completo. Hubo en aquella cama tanta pasión, que no sé cómo, ni quién de los cuatro se cargó los visillos del dintel.

Cuando Winston y Paty se marcharon de madrugada, Carlos y yo nos amamos con mucha ternura, como demostrándonos que cada uno de nosotros éramos para el otro algo único. Después de terminar nos abrazamos y así nos quedamos dormidos juntos y solos, viendo cómo la lluvia volvía a caer en Londres. De repente, todo volvió a ser como debía ser.

# 38
# UN, DOS, TRES

Me he llegado a juntar con tres amantes. Algunas dirán que qué suerte y otras que qué malvada, pero creo que ni una cosa ni la otra. Me he juntado con tres amantes porque me cuesta muchísimo romper, sobre todo si no tengo necesidad.

Yo llevaba saliendo dos meses con un escultor cuando apareció un cámara nuevo que tenía tatuajes y unas semanas después conocí a un informático egocéntrico al que me encantaba escuchar. Tengo que reconocer que a mí me ponen mucho los egocéntricos. Los tres creían ser mi pareja oficial, pero ese dudoso honor lo tenía el escultor, sobre todo por ser el primero. El escultor no tenía muchas inquietudes artísticas y eso me llamaba la atención. Al cámara le veía en el trabajo y luego nos íbamos a cenar, a tomar algo y a lo que surgiera. El informático era un tipo divorciado al que le gustaba el sexo tántrico, que yo antes de estar con él no sabía muy bien qué era y después de estar tampoco lo sé, pero me encantó. El escultor era un tipo muy simple como simples eran sus esculturas. Eran como las figuritas esas espantosas que venden en las tiendas de los chinos, aunque en grande. Las vendía a urbanizaciones de apartamentos en la costa para poner en los portales. Era lo más bajo artísticamente, pero el negocio iba de maravilla. El cámara era «camello» y tenía el plató como centro de operaciones. Antes, durante y después de los programas era un tipo muy popular entre sus compañeros.

El informático era un soñador que estaba en el paro y que seguía enamorado de su ex mujer, una dependienta de unos grandes almacenes adicta a la cocaína, a la marihuana y al anís, licor este que bebía compulsivamente. Él leía libros rarísimos, estaba obsesionado con todo lo oriental y no paraba de hablar de sí mismo. En la cama era muy raro, poco convencional, pero me hacía gozar de una manera que cada vez que la recuerdo tengo que parar de hacer lo que estoy haciendo hasta que se me pase el calentón. No sé si por tanta meditación, por las técnicas orientales, por el *tantra* o por lo que fuera, todo el tiempo que estuve con él me lo pasé enganchada al sexo. Era de esos que notas que disfrutan haciéndote gozar, y la verdad es que lo conseguía hasta extremos insospechados. Su habitación era mínima, con el colchón en el suelo y llena de velas. Todo lo hacía él; yo no tenía casi que intervenir. Me desnudaba, me tumbaba, apagaba todas las velas menos una y ponía un CD de ópera altísimo. Me colocaba las manos detrás de mi cabeza y abría mis piernas. A partir de ahí yo ni me movía; la música a un volumen tan extremo me hacía olvidarme de todo y aquel chico con su cabeza entre mis piernas me llevaba hasta algunos lugares de placer a los que yo no había llegado nunca. Placer en estado puro, sin ningún aditivo. Placer solo físico. No sé cómo lo hacía, pero empezaban a arderme los muslos, luego me ardía cada vez más arriba, y seguía y paraba, y seguía y paraba, y más fuego. Maldito *tantra.* Y la ópera sonando a todo volumen y mis gritos de desesperación, y cuando iba a llegar él me ordenaba parar y respirar profundo, y luego seguía y ya tenía que terminar, pero volvía a parar, joder con el *tantra,* y de nuevo a respirar, y otra vez seguía y ya no podía más, y subía más el volumen de la ópera, de aquellos coros de mujeres que tapaban mis gritos, que por muy fuertes que eran no lograba escuchar, y sentía fuego dentro y fuera de mí y ya tenía que acabar, y por fin él ya no paraba y ¡aaaaahhhhh! Viva el *tantra.*

El escultor hacía Pilates y le gustaba "Il Divo", que para él era lo más. ¡Unos artistazos, los tíos! El cámara no paraba de hacerse tatuajes cada vez más extraños que le permitían seguir manteniendo su rol de chico raro que tanto le gustaba. Un día debió de equivocarse con la coca que pasó a uno de los jefes de la cadena y este decidió buscarle las vueltas hasta que le echaron. Ahí acabó su relación con la cadena y conmigo. Lo último que supe de él era que le habían contratado en el Canal Internacional y estaba liado con la chica de informativos. El escultor me dejó porque se lió con una cantante un poco pasada de moda, muy guapa, con la que acabó casándose. Ahora tiene dos niños y alguna que otra amante. El informático dejó la informática, que nunca ejerció, me dejó a mí y se fue a un pueblo con su mujer drogadicta para montar una casa de turismo rural.

Me quedé sin el cámara, sin el escultor y sin el informático en la misma semana. Los tres me fueron dejando con un intervalo de dos días cada uno. De tres a ninguno pasé en un suspiro. Los tres rompieron conmigo de la misma manera: consolándome por lo sola que me dejaban y con miedo a que no fuera capaz de superar la ruptura. Los hombres tienen esa vanidad inocente que no se les termina de quitar nunca. Tengan el oficio que tengan y sean como sean.

Me viene a la mente una frase que me dijo una mujer muy sabia: «Los hombres no son todos iguales: son el mismo».

# 39
# Los cuernos, con respeto

Mi amiga Ana dice que existen dos tipos de mujeres: las que siendo tu amiga se acostarían con tu chico y las que no serían capaces. De las primeras hay que huir y sobre todo identificarlas pronto, dice, porque como los hombres son tontos seguro que conseguirán su objetivo. Algo de razón sí lleva. Yo no creo que los hombres, todos, sean tontos; pero sí creo que no es de fiar una mujer que se acuesta con la pareja de una amiga. A mí eso no me parece bien. Hay, para mí, un código ético que me impide acostarme con el chico de alguna amiga o con amigos de mi chico. Lo considero una falta de respeto hacia tu amiga o hacia tu pareja. Y eso no se hace. Para mí no es lo mismo estar con un hombre casado que con un hombre casado con mi amiga. En el primer caso, él sabrá lo que hace engañando a su mujer; pero si su mujer es mi amiga yo también la estoy engañando. Qué necesidad tenemos, con la cantidad de hombres que hay en el mundo.

Una vez hecha esta declaración de principios he de decir que me repugnan algunas frases como la de que «Fulanita le quitó el marido a Menganita». Es una frase tan machista que casi siempre suelen decirla mujeres. Ya se sabe que no hay un ser más machista que una mujer machista. Y hay bastantes. Habitan en cualquier comunidad de vecinos, en la cola de la compra, en la oficina y especialmente en las tertulias de los programas del corazón. Ahí, en ese hábitat, existe una amplia gama de mujeres machistas que hablan con desprecio de mujeres que follan mucho y ríen las gracias de hombres que hacen lo mismo. En esas tertulias del corazón es muy habitual escuchar la dichosa frasecita de «Fulanita quitó el marido a Menganita».

Volviendo a mi amiga Ana, que no es nada machista, amplía su teoría con algún ejemplo de mujer que ha repetido más de cinco veces en eso de tirarse al marido de una amiga. Cuenta que esa mujer, actriz de profesión, conoce a una chica, se hace su amiga, entra en su casa y a los pocos meses se acuesta con su chico. Ana opina que las mujeres que hacen esto son lesbianas ocultas que con quien desean acostarse de verdad es con las amigas. Me parece un poco enrevesada esa teoría, pero quién sabe.

A mí me pusieron los cuernos con una amiga y me fastidió mucho, la verdad. Sobre todo por mi amiga, que era muy fea y a la que además yo le prestaba mucha ropa. Que no sé si será relevante, pero que se enrollara con mi novio llevando una camiseta mía me dio muchísima rabia. Que fuera fea no sé si me fastidió o por el contrario me alivió. Cuando me ponen los cuernos nunca sé qué es mejor, porque cuando se van con una tía espectacular se te queda más cara de tonta.

La mayoría de las parejas asume la fidelidad entre ellos, si bien luego no la cumple. Muchas personas, la mayoría mujeres, opinan que si ellas están bien con su pareja es imposible que deseen a otro, y que si lo hacen es síntoma de que algo no va bien. Personalmente creo que esa teoría sirve para los dos primeros años, pero a partir de ahí deja de tener validez. Yo puedo querer seguir estando con mi pareja que me gusta, que me pone y con el que disfruto dentro y fuera de la alcoba, y además darme un revolcón por ahí de vez en cuando con algún tío bueno. No creo que sean cosas incompatibles. Es más, creo que la mayoría de gente lo hace, aunque no lo reconozca.

Como ya he escrito, yo no creo en la fidelidad, así que si me ponen los cuernos, que me los pongan sin faltarme al respeto. Ni con familiares, ni con amigas. Que sean lo suficientemente hábiles para que no les descubra y que no repitan demasiadas veces con la misma. Son mis condiciones, que por supuesto yo también cumplo cuando no duermo en mi cama habitual.

# 40
# El masaje

Soy desde hace un montón de años adicta a los masajes. Me encanta tumbarme en una camilla y que un profesional amase mis músculos desde el cuello hasta los pies. Un Spa es uno de mis paraísos; busco los mejores y elijo los hoteles en función de la calidad de este servicio. He de reconocer que en los últimos diez años me he gastado en masajes lo que equivaldría a la entrada para un piso. Hasta hace un año que decidí vender mi cuerpo y liarme con un masajista. Me explico. En el Spa al que yo iba de forma habitual y en el que me daban masaje indistintamente mujeres u hombres entró a trabajar un chico nuevo que por turno le tocó un día darme un masaje en mi contracturada espalda a causa de unos inmensos tacones con los que llevaba trabajando las últimas semanas. La tele es en algunos casos una profesión de riesgo. El chico nuevo se llamaba Gerard y no era gran cosa físicamente, pero desde que puso sus manos encima de mí descubrí que era el tío que mejor me había tocado, en cuanto a masaje profesional se refiere. Después de una hora de sesión me dejó sin dolor de espalda y con una sensación de bienestar parecida a cuando te quedas dormida después de haber tenido mil seiscientos orgasmos, o más.

Naturalmente, regresé al Spa al día siguiente y solicité los servicios de Gerard, que tras ese segundo masaje me dijo que se iba a marchar del centro y se iba a establecer por su cuenta dando masajes en su propia casa. Por supuesto, le pedí el teléfono y concerté una nueva sesión para la semana siguiente.

El piso de mi masajista estaba en el centro. Una buhardilla en la que tenía por mobiliario una cama, una camilla de masajes, un equipo de música, una mesita con una lámpara con una bombilla azul y un mueble repleto de cremas y lociones. Después del primer masaje en su piso, igual de maravilloso que los dos anteriores que me había dado en el Spa, quise concertar de nuevo una cita para la siguiente semana, pero fue imposible porque no tenía ya ni una sola hora disponible hasta pasados veinte días. Me sentó fatal tener que esperar tanto, pero reservé hora en aquella repleta agenda. La verdad es que las manos de aquel tipo tenían una energía especial y tocaba con una intensidad precisa, justo en el lugar en el que placer y dolor son exactamente la misma cosa. A los veintidós días exactamente estaba tumbada en la camilla con las manos de Gerard recorriendo mi cuerpo: pies, piernas, brazos, cabeza, cuello y espalda. Y al final de la espalda está el coxis, que es la rabadilla, y que cuando te la tocan bien da muchísimo gusto. Llegados a ese punto, el del coxis, Gerard comenzó a presionar fuerte con las dos manos. De repente apartó la toalla que cubría lo que hay debajo del coxis y bajó levemente mis bragas para seguir manipulando toda esa zona. Me dio un poco de vergüenza, pero pasados unos minutos me relajé de nuevo. Gerard debió de darse cuenta y bajó las bragas del todo para masajear mis glúteos. Aquello parecía muy profesional, pero lo cierto es que yo estaba en la camilla tumbada boca abajo y con las bragas en los muslos. Y ya se sabe que cuando las bragas de una no están en su sitio la situación es un poco desconcertante. La verdad es que tumbada desnuda en una camilla y con un hombre tocándome el culo yo me excito. Llamadme rara. Gerard tomó el camino directo y separó mis muslos para masajear el interior de estos desde la rodilla hasta la ingle. Yo definitivamente perdí la vergüenza y de la camilla pasamos a la cama para darnos un masaje completo. He de decir que cuando las manos de Gerard perdieron protagonismo y comenzó a actuar con otras partes de su cuerpo la cosa dejó bastante que desear. Era evidente que ese chico conocía mucho mejor los músculos que los órganos. Los había estudiado más y se le daban mejor. Al acabar intenté pagar el masaje —el primero, naturalmente—, pero Gerard no me dejó. Al concertar una nueva cita y situarnos delante de su repleta agenda, Gerard fue sincero: «No podrá ser hasta el mes que viene, porque no tengo ni un hueco libre», me dijo. En ese momento de desesperación que me producía pasar treinta días sin que Gerard amasara mi espalda fingí diciéndole que me había encantado lo que había pasado y le di a entender que si adelantaba mi cita podría volver a repetirse. A los cuatro días estaba de nuevo tumbada en la camilla. Así una y otra vez. A la quinta sesión de maravilloso masaje y polvo mediocre decidí dejar de vender mi cuerpo al módico precio del adelanto de una cita. Si Gerard hubiera sido en la cama la mitad de bueno que en la camilla, le hubiera pagado el doble, pero os aseguro que aquello no había por dónde cogerlo, en toda la extensión imaginable de esa expresión. Alguien me dijo siendo adolescente que con mi físico debería encontrar a algún marido rico que me retirara. Yo lo único que he sacado vendiendo mi cuerpo son cinco masajes gratis.

Algunas veces tener principios es un fastidio.

# 41
# Las profesiones

Adrien Brody me encanta. Me parece un tío que tiene mucho morbo, muy atractivo y que está muy bueno. Por si alguien no lo sabe, Adrien Brody es el actor que ganó un Oscar por *El pianista,* el que hizo de Manolete, el del anuncio de la tónica, el novio de la Pataki... Ese mismo.

A mí ese tío me parece lo más. Lo que ocurre es que Adrien Brody es un actor de éxito y creo que nos pone por eso, porque si ese chico de nariz desproporcionada fuera el portero de mi casa, me parecería feo de cojones, con perdón. Lo que quiero decir es que el éxito en una profesión glamurosa proporciona al que lo tiene mucho atractivo. Aunque sea injusto, creo que es indiscutiblemente así. Hay tíos, sin embargo, que están buenos de manera objetiva, se dediquen a lo que se dediquen. Pongamos por caso a Andrés Velencoso, que podría ser encofrador, por ejemplo, y hacerte perder los papeles de igual forma. Hay que reconocer que estos son los menos.

Profesiones que añaden belleza a los que triunfan en ellas son, entre otras, las de actor, cantante, modelo, deportista y torero, especialmente esta última. Debe de ser por algún impulso ancestral, pero los toreros tienen un éxito entre las mujeres que siempre me ha parecido digno de que alguna universidad norteamericana como la de Wisconsin haga algún estudio de esos que hacen las universidades como la de Wisconsin y que nunca sirven para nada, como los que demuestran que si comes mucho puerro tendrás más memoria. Pues un estudio de esos sería necesario para conocer los motivos por los que a determinadas mujeres les pone locas un torero. Los hay guapos y muy guapos, pero los hay también que son como Brody o peores y tienen en la puerta del hotel una decena de niñas intentándose colar en la habitación. Tendrá que ser el paquete que lucen sin disimulo el motivo de tanta pasión, porque no creo que sean las medias rosa o los pantalones pirata con lentejuelas lo que despierta la libido entre las señoras. También influirá que ganan mucho dinero, tienen fincas, grandes coches y salen en la tele. Digo yo.

Al margen de las profesiones que proporcionan fama, hay un oficio que nos llama mucho la atención a las mujeres, entre las que me incluyo. Se trata de los bomberos. ¿A qué mujer no le pone un bombero? Tan fuertes, tan valientes, con ese cuerpazo, con las pruebas físicas tan duras que tienen que pasar para después jugarse la vida para rescatar al gatito que se quedó atrapado en el séptimo piso de un edificio en llamas. ¡Qué me gusta un bombero!

Otro oficio que siempre tuvo buena fama sexual es el de butanero, al que rutinariamente se le atribuye la paternidad de un niño rubio en una familia de morenos. Yo creo que la genética tiene esos caprichos, porque hoy se ha impuesto el gas natural y siguen pasando estas cosas. No hay que darle más vueltas.

El fontanero también ha tenido mucha fama en este sentido, pero yo sinceramente no me lo creo, porque a mí se me antoja imposible insinuarme a alguien que viene a arreglarme el váter. A mí eso lo que me da es muchísima vergüenza. Nunca sé dónde esconderme cuando con la mano dentro de mi taza y mirándome a la cara ese gran profesional me dice: «Esto le va a costar un dinerito, porque hay aquí un *masijo* de pelos y además se *la colao* alguna compresa a *usté* o algún condón a su marido que lo ha *colasao tó*. *Fueraparte* de lo que es propiamente orgánico, que no termina de fluir por el atranque que *tié usté* aquí. Por cierto, ¿es *usté* la de la tele?».

Hay oficios que no siempre proporcionan éxito, pero que ejercerlos da glamur a los hombres, como el de escritor, pintor o músico. Otros, como administrativo, recepcionista o contable, te dejan un poco fría. Hay profesiones que en hombres dicen mucho más que en mujeres; por ejemplo, cocinero, que cuando se trata de un varón te lo imaginas cocinando en un restaurante de lujo y si es una mujer te la imaginas trabajando en el comedor de un colegio. Por el contrario, hay profesiones que despiertan más excitación en el sexo contrario si las ejercen mujeres que hombres, como las de enfermero y, sobre todo, azafato. Será por clasismo, pero a las mujeres nos gustan más los jefes del azafato y del enfermero, que son el piloto y el médico. Con ambos oficios las mujeres por estadística fantaseamos muy a menudo.

Como conclusión diría que, salvo el caso de Brody, que intuyo que me gusta porque es actor, y el de Velencoso, que estoy segura de que me gustaría de cualquier manera, incluso siendo azafato, a mí en este momento el oficio que más me pone es el de editor. Bueno, a lo mejor no es el oficio y es un moreno de ojos claros que se llama Eduardo al que colgué sin despedirme la última vez que hablamos. Me muero por verle en persona.

## 42
## OTRA VEZ SERÁ

Tengo una reunión en la editorial con dos temas fundamentales a tratar. El primero, la bronca que me van a echar porque no estoy cumpliendo los plazos de entrega de los textos, y el segundo es para planificar cómo se hará la promoción cuando finalmente termine de escribirlo. La reunión es con Eduardo y una señora de edad y cara indefinidas. No sé si es guapa, fea o normal, porque no es ninguna de las tres cosas. Tampoco sabría decir ni aproximadamente qué edad tiene, salvo que andará entre los treinta y cinco y los sesenta y cinco años. Hay personas a las que no pillo nunca el punto.

Eduardo preside la mesa de juntas, la señora indefinida está a su derecha y yo enfrente de la señora, a la izquierda de Eduardo. Ocupamos un rincón de la inmensa mesa de la sala de juntas.

Creo que estoy enamorada de este tío. No recuerdo que nadie me haya gustado más. Es posible que me equivoque, pero en este momento no me acuerdo de haber estado más enamorada en la vida. Seguro que no es verdad, porque no te enamoras más o menos: te enamoras antes o después. Esa es otra de las cosas sobre la que nunca reflexionamos cuando elegimos a una pareja que suponemos que será para toda la vida. Crees que nunca habrá otro igual, que ese estado en el que estás durará siempre, que es el hombre perfecto y que con él quieres tener a tus hijos. Si ahora me pongo a echar cuentas de todas las veces que me he enamorado desde que era adolescente hoy tendría unas treinta y dos criaturas. El caso es que de Eduardo estoy enamorada ahora y todos de los que lo estuve no existen y los que tienen que venir no existirán. El enamoramiento es una maravillosa locura sin sentido que te atrapa y te vuelve idiota. Me encanta.

—Vamos mal —comienza Eduardo la reunión—. Muy mal.

—¿No te está gustando?

—Claro que me está gustando, pero hemos retrasado tres veces el plazo de entrega.

La señora indefinida asiente con la cabeza.

—Me daré prisa, porque me la metes. La prisa, claro. Je, je.

La señora indefinida se ruboriza ante mi chistecito malo. Y yo me ruborizo más.

—Tienes dos semanas; ¿podrás hacerlo?

—Cuenta con ello. En dos semanas tienes el libro encima de tu mesa.

—María Luisa —Eduardo se dirige a la señora indefinida—, cuéntale a Nuria lo que has pensado para la promoción de SEXUALMENTE.

En ese momento, María Luisa comienza a hablar, pero yo no la escucho. Eduardo interviene de vez en cuando, pero tampoco sé muy bien lo que dice. Incluso yo también opino en la conversación, aunque no tengo nada claro de lo que estamos hablando. Yo estoy en otra cosa, porque yo estoy loca por Eduardo. María Luisa no para de hablar. Ha cogido carrerilla y con el mismo tono lleva diez minutos repasando uno a uno todos los programas de radio y televisión, todos los suplementos de periódicos, revistas semanales, mensuales, trimestrales.

—Para, María Luisa —interrumpe Eduardo—, que va a tardar más en promocionarlo que en escribirlo.

—¡Cómo eres, Eduardo! —dice María Luisa, a quien no se le ocurre nada mejor que decir.

María Luisa se levanta y se va cerrando la puerta. Eduardo y yo nos quedamos solos en la sala de juntas.

—¡Qué rara es María Luisa! —dije.

—Es mi tía.

—¿Tu tía?

—Joder, te lo crees todo. ¿Cómo va a ser mi tía?

Me sentó regular que me vacilara. Eduardo lo notó y cambió de tema.

—Por los últimos folios que he leído supe que disfrutaste mucho de nuestra última conversación.

—Lo hice. ¿Y tú?

—Yo he disfrutado leyéndolo. Lo hice solo y acabé igual que tú lo haces en el capítulo.

—Me alegro que lo hayas pasado bien.

Sin mediar más palabra nos levantamos de las sillas y nos besamos de manera casi pornográfica. Me apoyó contra la pared de la sala de juntas. Yo no podía contener la excitación. Eduardo, tampoco. La notaba presionando mi vientre con dureza. Las piernas me temblaban. Me temblaban de verdad; la excitación era tal que estaba a punto de marearme. Paramos, porque si no hubiéramos acabado encima de la mesa de juntas.

—Necesito verte hoy mismo en otro sitio —me dijo, todavía con su pantalón abultado por la entrepierna.

—¿Dónde quedamos?

—A las siete en un hotel que hay en Callao, el Capitol. Y te envío en un mensaje el número de la habitación.

Recompuse la figura y salí de la sala de juntas, ansiosa porque llegaran las siete y estar por fin en una cama junto a Eduardo.

Comí una ensalada por el centro y me compré un conjunto de ropa interior. Después me fui al Spa a darme un masaje y a depilarme. No me separaba del móvil, a la espera excitada del mensaje con el número de habitación al que tenía que ir. A las seis ya estaba cerca de Callao paseando por las calles del centro, emocionada, excitada, contenta, con una sonrisa boba de adolescente enamorada. Entré en una cafetería para ir al baño y pedí un cortado. De camino al servicio sonó, por fin, el pitidito que indicaba un nuevo mensaje de texto en mi móvil. Un escalofrió recorrió mi cuerpo de la emoción. En el cuarto de baño abrí el mensaje: «Te espero dentro de media hora en la habitación 903. Es la mejor. Estoy loco por verte. Besos, Eduardo».

Yo soy una persona muy optimista, que siempre ve el lado bueno de la vida, que piensa que las cosas pasan porque tienen que pasar y que no hay que darle demasiada trascendencia a lo malo que nos sucede, porque con perspectiva descubriremos que no fue para tanto. Así pienso, aunque algunas veces cueste. Aquella tarde en aquel baño después de leer el mensaje no supe por qué soy yo tan optimista. ¡Qué putada! Me acababa de venir la regla. La rabia me hizo lloriquear como una niña ñoña.

No era plan ir en esas condiciones a la primera cita; aún no había confianza. Me pasé sentada por lo menos diez minutos, entre desconsolada y cabreada. Sin ganas respondí al mensaje de texto: «Discúlpame, pero finalmente va a ser imposible. Ya te contaré». Eduardo respondió a los pocos segundos con un escueto: «Otra vez será».

Que lo dé por hecho.

# 43
# Depende de la edad

Me contaba una amiga una conversación que tuvo con su madre, de más de setenta años, en la que esta le decía: «Una vez que pasas de los setenta el sexo ya no es lo mismo que cuando eres más joven. Tu padre y yo ya nunca lo hacemos más de dos veces por semana». La cara de estupefacción de mi amiga debió de ser la misma que puse yo cuando me lo contó y la misma que estás tú poniendo ahora. Qué envidia y qué mérito llegar a los setenta con más actividad sexual que la mayoría de matrimonios con treinta años menos. No sé cómo será una relación sexual con esa edad, pero la madre de mi amiga se la resumía como «un poco más lenta».

Dependiendo de la edad se tiene un ritmo distinto para el sexo, diferentes inquietudes y distintas expectativas.

El primer beso que me dieron con algún tipo de componente sexual fue cuando yo tenía cinco años. Mi compañero Martín me dijo que me esperara a la salida de clase, y cuando todos los niños y el profesor habían salido del aula, Martín me tumbó en el suelo, se puso encima de mí y me besó en los labios. Recuerdo que fue exactamente así, si bien no puedo precisar qué fue lo que sentí exactamente. No debió de disgustarme.

Tengo más nítido el recuerdo de mi primer beso con lengua. Tenía catorce años y me lo dio Tito, el chico de mi clase que me gustaba. Le besé por imitación, haciendo exactamente los mismos movimientos con los labios y la lengua que él hacía. Me parece que estaba más ocupada en no hacerlo mal que en disfrutar del momento. Recuerdo muchas babas, demasiadas las primeras veces, que te resbalaban casi hasta el cuello. Hasta que, pasadas unas semanas, Tito y yo cogimos práctica en controlar tantos fluidos y la experiencia mejoró notablemente. De aquellos primeros «morreos» me acuerdo más de lo mucho que me gustó que Tito me tocara una teta, siempre la izquierda con su mano derecha. Aún hoy, después de más de veinte años, me encanta que me toquen esa teta concretamente, mucho más que la otra. La memoria es selectiva y caprichosa.

Con catorce años, por lo menos en mi caso, ni siquiera me planteaba pasar a mayores después de esos calentones en los bancos de los parques que nos dábamos Tito y yo. Hasta ahí se podía llegar y hasta ahí se llegaba, porque con esa edad no había más expectativas.

Unos años más tarde te planteas que es hora de hacer el amor. Detesto esa expresión para hablar de sexo, y es la primera vez que aparece en este libro, porque confunde las cosas de manera perversa, pero con dieciséis años yo también lo llamaba así. Lo hice la primera vez, tal y como conté en un capítulo anterior; me gustó después de unas cuantas veces, tal y como conté en el mismo capítulo, y hasta los veintitantos fui descubriendo mi cuerpo, mi deseo, mis gustos y mis preferencias. Desde que lo hice al sexo le llamo sexo y al amor le llamo amor. La diferencia la fui descubriendo con los años.

Con los que tengo ahora empiezo a necesitar un montón de cremas para que no empiecen a florecer las arrugas y demasiado gimnasio para tener los glúteos en su sitio. Ni con ejercicio ni con cremas reafirmantes se me quita esa maldita tripita que jamás he tenido y que ahora parece haberse instalado definitivamente en mi cuerpo. Es la edad.

Con dieciocho años tenía muchas menos imperfecciones, pero muchos más complejos. Estaba más dura por un montón de sitios de mi cuerpo, aunque era más pudorosa y lo disfrutaba menos. Recuerdo que prefería hacerlo casi a oscuras, porque me seguía avergonzando mi desnudo. Eso se pasa con los años.

Ahora soy mucho menos pudorosa, me abandono más y disfruto el doble, aunque sobre algún michelín que otro en algunas zonas rebeldes. De todas formas, si no hay demasiada confianza con el chico, es mejor para determinadas posturas una luz tenue, porque hay algunos defectillos que es mejor no revelar a las primeras de cambio.

Aun así, con mi tripita incluida, sigo estando estupenda, si bien tengo claro que todo lo que le tenga que pasar a mi cuerpo a partir de ahora va a ser para peor.

Habrá que acostumbrarse, porque seguro que llegará una edad en la que ni con luz tenue podrá disimularse el deterioro, aunque afortunadamente llegará otra, espero, en la que lo asumas y no te importe lo más mínimo. A lo mejor siendo vieja me pone hacerlo con mucha luz y disfrutar de mis arrugas y de las de mi pareja. ¿Por qué no?

A mí con veinte años no me gustaban los de cuarenta y ahora me encantan, aunque tengan un poco de barriga. Con catorce años no me planteaba follar y ahora me lo planteo con mucha frecuencia. Con dieciséis me encantaban las comedias románticas y ahora me dan un poco de risa. Con dieciocho pensaba en encontrar a mi media naranja y con treinta descubrí que a mí me gusta ser una naranja entera. Con veinte necesitaba sentir amor para hacer sexo y a los treinta y cinco necesito amor para vivir.

Cada edad tiene unas necesidades, y ojalá yo pueda ser como la madre de mi amiga, que lo hace dos veces por semana con más de setenta años y encima se queja de que es poco.

Con cinco años me dieron el primer beso y ojalá me muera de viejecita haciendo el amor. Y si no se puede, pues follando, que tampoco estaría mal.

# 44
# El pacto

Un sábado por la noche, cenando en un restaurante con una botella de rioja de por medio, mi chico me propuso un pacto, más o menos con este discurso: «Eres la persona que más he querido nunca, me encantas, y contigo soy muy feliz. Quiero que sigamos juntos, me gustas más que el primer día, me pareces alucinante en la cama, pero no pienso seguir siéndote fiel. No existe ninguna otra persona, pero no pienso renunciar a mantener otras relaciones sexuales cuando surja una oportunidad y me apetezca. Me gustaría que habláramos sobre ello con toda la honestidad posible y sin hacernos daño. Te quiero demasiado para hacértelo...».

Bebí un trago largo.

Mi chico y yo habíamos hablado muchas veces sobre la infidelidad, porque nosotros nos conocimos en una. Es más, creo que él me gustó, aparte de porque estaba muy bueno, porque era muy golfo. Lo reconocía y se le notaba. Era golfo y muchas más cosas, como inteligente, gracioso, cariñoso... Era todo eso, sí; pero también era muy golfo y a mí me encantó que lo fuera. Insisto mucho sobre esta idea de que era muy golfo, porque en general tenemos el instinto de cambiar a las personas y eso es muy difícil.

Ya he escrito en este libro mi opinión sobre la fidelidad, sobre que las reglas que han regido tradicionalmente a las parejas deberán cambiar, sobre lo absurdo que es el sentido de posesión en la pareja. Todo eso está bien, pero ahora mi chico me proponía cambiar las reglas de verdad y no de boquilla.

Yo ya le había sido infiel algunas veces. Nada importante. Nunca me planteé si él me lo había sido a mí, pero de haberme enterado hubiera montado en cólera. Creo que si le hubiera pillado con otra le hubiera dejado sin dudarlo.

Bebí otro trago largo.

Mi pareja continuó con su propuesta: «... naturalmente que tú puedes hacer lo mismo. No quiero que me lo cuentes y yo tampoco te lo contaré a ti. Se trata de no renunciar al deseo sexual que puedas tener con otras personas. Solo sexo, nada de compromisos con otras personas. Si algún día te enamoras de otro, dímelo rápido y dejamos la relación. Eso no lo consentiría...». Estaba claro que mi chico había meditado sobre esta cuestión, porque el discurso le estaba saliendo redondo.

Bebí otro trago largo.

A mí las estadísticas no me parecen casi nunca fiables. Si lo fueran —escuché una vez a alguien—, todas las personas tendríamos una teta y medio pene. Fiables o no, el otro día leí una que decía que el año pasado en España se rompía un matrimonio cada cuatro minutos. La pareja tal cual la concebimos está definitivamente en crisis.

Sobre esto justamente iba la última parte del planteamiento de mi chico: «... me resulta una estupidez pensar que nunca voy a tener sexo con ninguna otra mujer de aquí hasta que me muera. Prefiero que lo sepas y no sentirme culpable de desear pasar una noche con alguna que me encuentre estando de copas. No me parece que tenga que sentirme culpable por querer estar con otras personas, algo que le pasa a todo el mundo, lo reconozcan o no. Sé que no es fácil de entender, pero esta propuesta es para seguir estando contigo».

Bebí otro trago largo.

La honestidad es una consecuencia de la valentía.

Qué difícil es manejar la libertad cuando la tienes. Qué vértigo da la vida cuando está ahí esperando que la disfrutes sin que nadie te ordene el camino.

No sabía si un pacto así nos haría más grandes o acabaría con todo, pero comprendí que no había vuelta atrás. Me emocioné pensando lo mucho que le quería. Me daban ganas de abrazarle, de llorar de felicidad, de amarle hasta consumirle. Mi chico me proponía irse con otras, que yo hiciera lo mismo, y yo le quería más que nunca. El amor, cuando es verdadero, es imprevisible.

Bebí el último trago y acabé con la botella.

Fuimos a casa y lo hicimos hasta el amanecer. Sexo, amor, pureza. Hicimos todo lo que pueden hacer dos personas en una cama, arrebatados, abandonados. Era imposible acabar. Una vez y otra, como dos adolescentes, como un preso en su vis a vis.

Nunca más hablamos del pacto, pero desde aquella noche entró en vigor.

Escribiendo este capítulo, después de transcurrido algún tiempo de aquella relación, me hubiera gustado contar otro final, porque aquel chico y yo rompimos un año después de iniciado aquel experimento. No penséis que nuestro pacto fue la causa de ese desenlace, ya que no tuvo nada que ver. Nos separamos por los mismos motivos que se separan tantas y tantas parejas que no tienen ese tipo de acuerdos. Simplemente, se acabó.

En mi recuerdo está aquel chico que me enseñó algunas cosas importantes sobre la honestidad, la verdad y el amor.

Sé, y no porque me lo contara, que mientras duró nuestra relación pasaron por su cama unas cuantas chicas, pero posiblemente ninguna otra pareja de cuantas he tenido me respetó tanto.

He querido a muchas personas, pero no he admirado a tantas. Él está el primero de esa lista.

Solo los mejores asumen que no son únicos.

# 45
# «SUPERWOMAN»

El otro día, en una entrevista por teléfono, una redactora me hizo la siguiente pregunta: «¿Cómo puedes llevar tan bien el compaginar tu vida laboral y familiar?». La periodista hacía su pregunta con cierta admiración, lo que agradecí con sinceridad. Avanzó la entrevista por los mismos derroteros: que si hay que ver cuánto trabajo, que qué mérito tenía con dos niños pequeños, que qué capacidad para sacarlo todo adelante, que me admiraba mucho y que gracias por todo y por ser tan amable por haberla atendido. Antes de despedirnos me recordó que hacía unos años habíamos coincidido en un programa en el que ella era redactora. De inmediato me acordé y supe quién era. Se trataba de Teresa, una periodista muy capaz, un encanto de chica que hacía a todo el mundo el trabajo fácil. Charlamos un rato de lo que habíamos hecho en estas últimas temporadas y me contó que ahora estaba muy feliz porque después de algunos meses en el paro había encontrado ese trabajo en el periódico. Teresa era la misma persona, tan encantadora, tan natural como siempre.

Teresa cobra 1.100 euros, tiene tres hijas y está separada de un señor que se fue con una guionista de un programa de humor y un mes no y otro tampoco le pasa nada para sus hijas. La mayor de doce años y la pequeña de cuatro. Mientras me lo contaba, yo estaba hablando por el móvil con ella en la piscina de un hotel, tomando el sol, bebiendo una coca-cola con hielo que me había servido un camarero ecuatoriano hacía unos minutos. Mis niños estaban con la cuidadora, porque yo estaba muy cansada del programa de la noche anterior, que acabó muy tarde.

Teresa es una tía positiva que se ríe con la naturalidad con la que se ríen solo las buenas personas. Me decía que de hombres ni hablar, que bastante tiene ella con lo que tiene, aunque «Nuria, hija, si te soy sincera, un revolconcito sí me daba yo con alguien, que hace siglos que ni lo cato». Le dije que me encantaría quedar con ella para comer y charlar, y con cierta sorpresa me preguntó si yo iba a tener tiempo. Lo que son las cosas.

Quedamos a comer en un restaurante del centro y Teresa apareció resplandeciente. Vestida muy elegante y maquillada como para salir a tomar unas copas por la noche. Teresa es bajita, pero tiene un tipo fantástico. Yo la esperaba en la mesa y me levanté para recibirla.

—¡Pero qué guapa estás!

—Mira, nena, hace tanto tiempo que no quedo con nadie que me he vestido como si fuera a follar.

Nos reímos.

Admiro a las mujeres capaces de mover el mundo con su ternura. Mujeres que son mujeres y que disfrutan siéndolo. Mujeres que no compiten con los hombres a ver quién la tiene más larga. Teresa no compite con nadie, ni con hombres ni con mujeres; se limita a vivir, que ya es bastante; a educar a sus niñas y a llegar a fin de mes, que no debe de ser fácil. Teresa cuenta a sus hijas que su padre es un ser maravilloso, que las quiere tanto como ella, y que si este fin de semana tampoco ha podido venir a verlas será porque le habrá sido imposible.

Teresa me cuenta que es feliz porque este verano sus hijas van a ir de campamento. La mayor parece una buena estudiante, la mediana dibuja de maravilla y la pequeña habla con la zeta. Teresa se ríe imitándola, me cuenta orgullosa que las tres son guapísimas y que algunos domingos, según se van despertando, van a la cama con mami. Las cuatro hacen allí unas encarnizadas guerras de cosquillas.

Y resulta que Teresa me admira a mí y estando con ella no me siento nada admirable. Nada de empalagosa humildad: es que al escucharla me miro a mí misma y me da un poco de vergüenza descubrir la suerte que tengo.

## 46
## Cosas raras

Salvo algún azotito en el momento adecuado, no me gusta el sadomasoquismo. No entiendo lo de la zoofilia, al margen de la indudable ternura que me produce una señora sola que siempre va con su chiguagua a todas partes. Soy de la opinión que las cosas que se hacen en el servicio no han de hacerse en la cama; por eso no llevo bien lo de la lluvia dorada y menos la coprofilia. Menudo engorro poner tantas lavadoras. Al margen de que existan personas muy frías en la cama, la necrofilia me parece llevar las cosas al extremo.

Existen definidas cerca de trescientas perversiones o parafilias, desviaciones sexuales, y algunas lo menos raro que tienen es el nombre. Yo respeto todo, que para eso soy muy liberal, pero conociendo el motivo por el que algunos humanos se excitan sexualmente tengo la sensación de que los manicomios están a media capacidad.

Hay una cosa que se llama actirastia, que es la excitación sexual que produce tomar el sol. La keraunofilia, por el contrario, consiste en ponerse cachondo al contemplar una tormenta con rayos y truenos. No me imagino a una pareja con estos gustos planeando unas vacaciones.

La cremastisofilia es el gozo sexual que te produce cuando te roban. Esta es una perversión muy fácil de satisfacer: basta con llevar el coche a cualquier taller oficial.

El androidismo es la excitación que se produce con robots o muñecos de aspecto humano. Por eso están los gimnasios como están.

El axilismo es la excitación que te producen las axilas. Lo que me enamoró de ti fueron tus sobacos, cariño. Otra perversión como la autoabasiofilia es el estímulo producido por estar o volverse cojo uno mismo. No es que te pongan los cojos: es que te excita cojear. Pues cojea, hombre, cojea, y pásatelo bien.

El anactilismo consiste en excitarte manteniendo conductas de niños; no me refiero a lo que sucede en el Parlamento, sino cosas como ponerte patucos, usar chupete o hacer pipí en un orinal. Otra que tiene que ver con esta es el plush, que consiste en el goce sexual que produce a algunos adultos disfrazarse como personajes de dibujos animados. Esa no me parece tan rara si el chico se disfraza de Superman o Spiderman, pero a mí me costaría meterme en situación y excitarme con Mickey Mouse.

Por último, en este brevísimo repaso del sexo alternativo, he descubierto que esa frase tan común de «anda y machácatela contra un árbol» tiene nombre y se llama dendrofilia, que es cuando la excitación se produce al frotar los genitales contra los árboles. Así podríamos seguir hasta casi las trescientas que están registradas en algunas páginas de Internet. Por cierto, que no sé cómo se llamará el gusto por buscar páginas de sexo en Internet, pero algún nombre habrá que ponerle, porque adictos hay un montón.

Es difícil establecer el límite que existe entre lo normal y lo anormal en el sexo. Por encima de los gustos personales de cada uno, condenar las conductas sexuales es peligroso. Sin ir más lejos, en España ha sido delito la homosexualidad hasta hace tres décadas, y en la actualidad les ahorcan a ellos y a las mujeres adúlteras en algunos países musulmanes. Mi abuelo, sin ir más lejos, que era una buena persona, llamaba «desviado» al maricón del pueblo.

Personalmente creo que el único límite que debe existir en el sexo es que no sea consentido por alguna de las dos partes. Todo lo demás a mí me vale. Si quieres que te pille una tormenta, si te gusta cojear o vestirte de Heidi, a mí como si te la machacas contra un árbol. Que disfrutes de tu dendrofilia.

## 47
## MEJOR, QUE ME PILLE UN CURA

El otro día en la tele aparecía una rubia explosiva con las tetas operadas embutida en un vestido de leopardo como colaboradora de un programa de entretenimiento. Ella entraba en plató y los conductores del programa se quedaban boquiabiertos con el físico de la chica, que venía a mostrar un reportaje que ella misma había elaborado. Uno de esos tres presentadores varones que babeaban ante la silicona que la rubia mostraba por encima de su ajustado escote sé con certeza que es homosexual, profundamente homosexual. En su vida privada las mujeres y el sexo no tienen para él absolutamente ninguna relación. Y allí estaba, junto a sus dos compañeros, ejerciendo de machitos que no pueden controlarse ante los encantos de una señorita. Ella, en su papel, riéndole las gracias y dejándose querer. No lo puedo soportar. Es ese rol que ha de tener el hombre que se muestra como un ser tan macho que no puede contener su impulso sexual, siempre dispuesto a mantener relaciones, mientras la chica hace como que quiere, pero luego no se deja porque, a pesar de ese vestido, ella es muy decente. Eso es machismo en estado puro.

Igual de patética, también hay que decirlo, me parece la imagen que en la publicidad se da de un hombre que es definitivamente gilipollas y que no sabe poner ni una lavadora. Y la de su pareja, tan sobrada ella, y tan exigente que ordena a unos tipos que se lleven no sé adónde a su inútil marido.

De todas formas, en la publicidad, en las series y en los programas de televisión es el machismo lo que predomina, de manera sutil algunas veces y evidente en otras.

Al frente de todos ellos, a la cabeza del machismo y de la nueva moralidad, se sitúan en primer lugar algunos programas del corazón. A uno de ellos llega una chica a contar que ha estado liada con algún famoso. Habitualmente va de despechada, porque él se ha ido con otra y ella va a la tele para que se fastidie. La pregunta que tarde o temprano aparece por parte de algún periodista es: «Venga, mujer, cuéntanos, ¿cómo era Fulanito en la cama?, ¿te satisfacía?, ¿era buen amante?, ja, ja, ji, ji». Me gustaría que alguno de estos periodistas le hiciera la pregunta al revés: «Venga, mujer, cuéntanos si tú satisfacías a Fulanito, ¿qué tal eres tú en la cama?, ¿eres buena o un poco torpe?, ja, ja, ji, ji». Eso no pasará nunca, porque la prensa del corazón es por concepto en este país absolutamente machista, la mayoría. Y más que machista, retrógrada. Casi toda.

Algunos periodistas del corazón se han convertido en garantes de la moralidad y de la buena conducta sexual de los famosos. La prensa del corazón condena la promiscuidad, especialmente la femenina, mucho más que lo hace la Iglesia católica, de manera mucho más cruel. Porque ellos, en su afán de informar, «pillan», y «cazan» a los famosos cada vez que se les ocurre pasar la noche con alguien y exhiben las imágenes a todo el mundo. Y si el famoso o famosa está casado o casada, que se vaya preparando. «Miren, querido público, cómo se besan en plena calle la presentadora Maripili con este desconocido. ¡Y su marido en casa! ¡Miren, miren, cómo la toca el culo el desconocido y miren cómo a ella le gusta!». Yo, personalmente, prefiero que en mis infidelidades me pille un cura, que seguro que es más tolerante. No toda la prensa del corazón es igual; yo la dividiría en la que utiliza el verbo «pillar» en sus contenidos y la que no. La primera tiene una doble moral permanente en su esencia. Sorprende que algunos periodistas de este genero sean homosexuales reconocidos y cocainómanos sin reconocer, pero como encuentren el más mínimo dato de alguna de esas dos conductas en algún famoso le montan dos programas especiales sobre su pasado y sobre su presente para contarlo. Eso sí, ellos nunca salen, a ellos nunca les «pillan».

Sea cual sea la conducta de una persona, nadie es quién para exhibirla en público, aunque su protagonista tenga una profesión pública. Yo presento programas y por eso nadie tiene derecho a robarme unas imágenes besándome con mi pareja o con quien no es mi pareja. Si alguno de los lectores o lectoras de este libro han sido alguna vez infieles, que espero que sí, supongo que no les gustaría que se enterara todo su barrio, su suegra, su padre, su hijo, su panadero. Pues eso es lo que pasaría si aquel día que engañasteis al que ahora tenéis al lado os hubieran «pillado» unas imágenes metiéndoos mano tú y tu amante a la salida de una discoteca. Hubieran mostrado esas imágenes, hubieran juzgado tu comportamiento y, por supuesto, lo hubieran condenado.

Antes yo no hacía «cosas malas» porque me habían enseñado que eran pecado y que Dios me castigaría. Ahora no las hago por si me sacan en la tele.

Mejor, que me pille un cura.

# 48
# La que faltaba

Las cosas más fuertes no pueden hacerse si no se está muy excitada. Si se está muy excitada te puede apetecer cualquier cosa por fuerte que sea. Puede que pensar en hacer las cosas más fuertes es precisamente lo que más excita.

Por supuesto que había fantaseado con hacerlo con dos hombres a la vez. Además, era la fantasía que me faltaba para completar el póquer de experiencias sexuales que mi amiga Esther consideraba las básicas que una mujer debía convertir en realidad al menos una vez a lo largo de su vida. Para las que tengan poca memoria recuerdo que eran una relación lésbica, un trío con dos hombres, un trío con un hombre y una mujer, y una cama redonda con al menos dos parejas. A mí de las cuatro solo me faltaba la del trío con dos hombres, y aunque sí que había fantaseado con experimentarla, nunca se me había presentado la ocasión de hacerla. Esas cosas no surgen tan fácilmente.

Cuando fantaseaba con esa experiencia no ponía cara a ninguno de los dos hombres que lo hacían conmigo, solo a sus cuerpos, que eran delgados y fibrosos. Imaginaba una situación en la que los tres estábamos desnudos en una cama grande y yo en el medio de los dos llena de excitación y placer. En esa fantasía no había preámbulos, directamente estábamos desnudos en la cama los dos chicos delgados, de cara indefinida y cuerpo fibroso, uno delante y otro detrás de mí. No sé cómo llegábamos a esa cama, ni cómo habíamos propuesto mantener esa relación, ni en qué momento acepté, ni de qué manera me desnudé, ni cómo se desnudaron ellos, ni en qué momento estaba ya definitivamente en medio.

Es lo bueno de las fantasías, que siempre son perfectas. La imaginación selecciona exactamente aquello que más te interesa para provocar tu excitación y que la utilices después para lo que quieras, acompañada o, en la mayoría de los casos, sola contigo misma.

Una noche de martes me llamó Félix, un músico de Amoral, el grupo de rock que montó mi amiga Esther. De Félix sé poco, salvo que es vasco, que está bastante bueno y que, según me contó Esther, es un buen amante. Y si ella lo dice, es verdad. La frase con la que Esther me definió su encuentro sexual con Félix es bastante descriptiva: «Me ha puesto el clítoris como un saltamontes».

Félix me llamó para ver si yo conocía algún sitio por el centro que estuviera bien para llevar a un amigo suyo de Bilbao que había venido esa noche. Naturalmente que aquello era una excusa para invitarme a tomar una copa, porque otra cosa no sabrán los músicos, pero los bares abiertos por la noche se los conocen todos, aunque sea martes. Acepté acompañarles al bar de una amiga a tomar con ellos una copa rápida e irme pronto a casa.

Hacía meses que no veía a Félix y le había crecido bastante el pelo. Estaba guapo. También su amigo, que menos su amigo parecía cualquier cosa. Félix con melena, sin afeitar y los brazos llenos de tatuajes, como todo músico que se viste de músico. El amigo iba peinado con gomina, unos Levis 501 y un polo Lacoste azul clarito. El contraste era muy desconcertante.

Eso sí, los dos eran delgados y parecían fibrosos.

No hacía falta ser muy observadora para comprender nada más verles que, a pesar de su distancia de estilos y de vida, Félix y Gorka, que así se llamaba, eran muy amigos. Se conocían desde el colegio y sabían todo el uno del otro. La vida les había llevado a que uno tocara la batería en el grupo de mi amiga y al otro a ser vendedor de tractores, pero tenían la complicidad de quienes se han corrido muchas juergas juntos. Por cierto, que una no sabe qué cara poner cuando le preguntas a alguien a qué se dedica y te dice que es vendedor de tractores. La mía debió de reflejar una falsa normalidad, como si conociera un montón de vendedores de tractores.

En el bar de mi amiga siempre hay vino bueno. Félix y Gorka bebían el mismo güisqui, bastante por cierto, y tenían mucha gracia. Hablaban de sus aventuras de niños, de sus juergas adolescentes por Bilbao y de sus relaciones actuales, que no pasaban de ligues esporádicos. Pronto apareció el nombre de mi amiga Esther y supe que el vendedor de tractores tampoco se había librado de pasar por su cama. «Qué gran tía, tu amiga», me dijo Gorka con admiración. «Ya lo creo», apostilló Félix. En ese momento me entró la risa acordándome de lo del saltamontes, pero no les pude contar el motivo de mi carcajada. Una sabe guardar los secretos de sus amigas.

El vino iba haciendo estragos, la pareja de vascos estaba objetivamente muy buena, yo me estaba empezando a excitar con la fantasía de completar el póquer y ellos me parece que lo tenían en mente desde que me vieron. A lo mejor era mi imaginación, pero por los derroteros que iba tomando la conversación me parece que ellos se lo habían planteado antes incluso de llamarme. Posiblemente por eso me llamaron. A lo mejor no era la primera vez que lo hacían. Yo me dejé seducir por ver hasta dónde se atrevían a llegar.

Félix, Gorka y yo subíamos cada vez más la temperatura de la conversación, el ambiente de excitación era cada vez más incontenible. Los tres estábamos como motos. Fue Félix el que se lanzó y propuso a las claras que esa noche los tres compartiéramos cama. La propuesta en firme me puso nerviosísima. Sin contestar, me fui al baño y allí me miré en el espejo. Otra vez estaba en el río y tenía la opción de cruzar el puente, como aquella noche en Ibiza con Juan y Vania, la chica que se anunciaba en el periódico. Otra vez mi amiga Esther rondándome por la cabeza, otra vez con el póquer, otra vez excitada y a punto de volver a decir que sí. Tomé el camino de vuelta desde el baño a la esquina de la barra donde me esperaban aquellos dos chicos delgados y fibrosos dispuesta a todo.

La realidad se impone algunas veces de manera muy desagradable. Félix y Gorka estaban llamando por teléfono a un amigo para ver si les dejaba un apartamento que tenía vacío, porque en el hotel en el que se hospedaba Gorka iba a ser muy poco discreto entrar los tres a las cuatro de la mañana. A casa de Félix tampoco se podía ir porque el batería vivía con sus dos hermanas en un piso que además pagaba su padre. La idea de ir a mi casa la descarté desde el principio.

La gestión para convencer al amigo de que les cediera el apartamento fue larga y pesada, pero finalmente Gorka inventó mil excusas y lo logró. Aquella conversación me había enfriado un poco, pero no tanto como para echarme atrás. Antes de marcharnos a casa del amigo a recoger las llaves del apartamento en el que íbamos a estar, Gorka y Félix se preguntaron mutuamente si tenían preservativos. No tenían, pero daba igual, porque de camino a recoger las llaves había una farmacia de guardia y allí compraríamos. Tanta logística me estaba enfriando cada vez más. Nada de todo esto aparecía en mi fantasía. De repente se encendieron las luces del bar, que indicaban que era la hora de cerrar, y la música cesó. La camarera tardó diez minutos en darnos la cuenta y mientras esperábamos me entró un poco de sueño. Nada era ya divertido para mí; creo que no quedaba ni rastro de esa excitación que hacía una hora me tenía desatada. La realidad había destrozado a la fantasía y lo del trío con dos hombres seguiría sucediendo por el momento únicamente en mi imaginación.

Me despedí de Félix y Gorka explicándoles con sinceridad que ya no me apetecía esa experiencia y se quedaron con cara de no comprender nada. Lo respetaron, pero no lo comprendieron. «Si hacía un momento te apetecía», se lamentaban ambos. Esa frase me recordó una situación en la que le hice lo mismo a un chico minutos antes de subir a su casa, porque casi llegando al portal me acordé de que no me había depilado. El chico dijo exactamente la misma frase, pero a él no le pude explicar el motivo real de mi negativa a última hora. Y es que sin depilar yo no puedo. Faltaría más.

Los amigos vascos se hicieron cargo de la cuenta del bar y me acompañaron a coger un taxi. Insistieron mucho hasta que me subí en uno libre, pero yo ya no estaba para fiestas. La realidad me había superado y lo único que tenía ya era sueño. Antes de dormir fantaseé a oscuras en mi cama con la única cosa que me faltaba hacer para completar el póquer. En la fantasía nadie tenía que pedir un apartamento prestado y nadie iba a comprar preservativos a una farmacia de guardia. Los sueños, sueños son.

# 49
# CAMBIO DE PLANES

Me fui de vacaciones con mi madre y con mi hermana a Lanzarote. Un buen plan, sin hombres. Las tres solas en una habitación de hotel, masajitos en el Spa, comidas ligeritas en el chiringuito y muchas horas de sol. Sin más pretensiones que descansar, no me pensaba ni pintar en toda la semana. De la playa a la ducha y de la ducha a la cama a ver la tele. Era lo que me apetecía para los próximos siete días. Tan firme era mi voluntad que en esta ocasión sí logré meter todo mi equipaje en una maleta mediana y no en dos gigantes, que en mi caso es lo habitual para una semana. Me llevé unos cuantos bikinis, pareos, camisetas, ropa interior, zapatillas de deporte, chanclas, cremas para antes, durante y después del sol, y un secador de pelo. ¿Para qué más?

Llegamos al hotel, deshicimos las maletas y nos fuimos las tres a tomar el sol a la playa, que estaba un poco más lejos de lo que ponía en el catálogo de la agencia. Las agencias de viaje no suelen precisar bien las distancias y con eso de «a cinco minutos de la playa» lo dejan todo un poco en el aire. A cinco minutos en moto, podían precisar, porque andando no hay quien haga esa distancia en ese tiempo. No puedes acusarles de que te mientan porque en Lanzarote casi todo está relativamente cerca de la playa. Es lo que tienen las islas, que el mar no pilla muy lejos. En fin, que después de llegar exhaustas al mar decidimos alquilar un coche para toda la semana. Un coche enano y amarillo sin aire acondicionado, con unos asientos muy finitos de plástico con puntitos en relieve que se te quedaban marcados en los muslos durante horas.

El segundo día, mientras desayunábamos en el hotel, se acercó a nuestra mesa una señorita ofreciéndonos participar en unas clases de surf que impartían expertos monitores en el norte de la isla y que podían contratarse en la recepción del hotel. Eso trastocaba nuestros planes, pero a mi hermana y a mí nos hizo ilusión eso de surfear y sortear olas en la playa como hacen las chicas guapas en los documentales de California. Fuimos a recepción y contratamos un curso de cuatro días. Mi madre, más sensata, se montó en el coche amarillo enano y se fue a tomar el sol, que era a lo que había venido.

El grupo de alumnos principiantes de mi clase de surf estaba compuesto por dos adolescentes con granos que no paraban de mirarnos el culo a mi hermana y a mí, una señora belga con demasiados años para iniciarse en el surf y una pareja de lesbianas de Sevilla que se daban piquitos continuamente ante el asombro de los dos adolescentes y de la señora belga.

Durante un rato pensé que no había sido buena idea contratar las clases de surf, pero esa idea desapareció de mi cabeza en cuanto vi al monitor que había correspondido a mi grupo: espectacular. No había otra forma de definirlo. Pelo largo, bronceado, musculoso, alto, ojos claros, boca grande, dientes perfectos, blancos, radiantes, que le hacían portador de una sonrisa irresistible y un acento canario que modulaba una voz sensual. Además, no había competencia, porque dos lesbianas, dos adolescentes y una señora belga mayor no eran rivales para mí. Mi hermana no contaba, porque estaba tan enamoradísima de su novio que no tenía ojos para nadie más. Ni siquiera se fijó en el monitor, en el que a mí me parecía imposible no fijarse. Claro que llevaba con su novio solo dos semanas y estaba en pleno período de ebullición. Jaime era el nombre de ese pedazo de monitor que me había correspondido.

Las clases duraban cinco horas y las tres primeras del primer día me las pasé aprendiendo equilibrios encima de una tabla, pero fuera del agua. Algo un poco ridículo, por cierto.

Fue aún peor cuando nos metimos en el mar y nos enseñaron a ponernos de pie en la tabla, ahora ya sí encima del agua. No lo conseguí en las dos horas que restaban de clase; fue muy frustrante. Al despedirme de Jaime, un poco avergonzada por mi torpeza, observé cómo con el pelo mojado, a pesar de tenerlo largo, se le notaba un poquito de alopecia en la coronilla. Nada grave, pero un clarito sí que había.

Llegué al hotel destrozada y me pasé la tarde durmiendo. Al día siguiente me levanté con unas agujetas espantosas, pero con ganas de superar lo que parecía una evidente incapacidad para este deporte. No fue así. Cinco horas subiendo y bajando de la tabla, casi sin lograr ponerme en pie y avanzando solo un par de metros. Estaba rendida, exhausta. Jaime no paraba de utilizar su sonrisa para consolarme. Una sonrisa que me estaba empezando a empalagar un poco, la verdad. A mí no me hacía tanta gracia caerme todo el rato. Además, visto con más detalle, de clarito nada, Jaime, a pesar de la melenita, tenía una calva considerable.

Mi hermana no fue al curso el tercer día y se fue con mi madre a tomar el sol a la playa. Yo soy constante y no me rindo fácilmente, así que comencé con renovado entusiasmo mi tercer día de clase. Me duró poco, porque no tardé en descubrir que ese deporte era imposible, por lo menos para mí. Me dolían las piernas, los brazos y la cabeza de tanto viento. Jaime con su acento canario, todo el día con el «muyaya» para arriba, «muyaya» para abajo, con esa voz afeminada que tenía. Y esa sonrisa estúpida, con esos dientes tan artificiales, que yo creo que eran postizos.

El último día del curso llegué destrozada. Jaime esperaba a la orilla del mar marcando musculitos, como un vulgar hortera de playa. «¡Muyaya, parese que te hayan dado un palisón!». Al escucharle me dieron ganas de estirarle de los cuatro pelos que le quedaban y arrancárselos, pero me contuve. ¡Qué horror de tío!

Llamé a mi madre al móvil y le dije que vinieran a buscarme en el coche enano amarillo para irnos juntas las tres a una playa lo más alejada posible, en la que no hiciera viento y no pudiera practicarse el surf. Los dos días siguientes los pasé sin poder casi moverme, con dolor en mi cuerpo y en mi orgullo por no haber sido capaz de mantenerme más de un minuto encima de esa maldita tabla.

Algunas veces imagino las cosas como no son. Me hablan de unos cursillos de surf y me imagino saltando olas en California. Veo un monitor aparente y le idealizo tanto que me dan ganas de tirármelo de inmediato. Si yo había ido a Lanzarote a descansar, por qué tuve que cambiar un plan magnífico por uno que no era real. Hacer surf en California y que ese tal Jaime estuviera tan bueno era solo producto de mi imaginación.

Definitivamente, tengo que madurar.

## 50
## Ni frío, ni calor

Hay dos maneras de hacer sexo: bien y mal. Se puede profundizar en multitud de matices, como si tu pareja es del mismo sexo o el contrario, si estás sola o si hay más de dos personas en la cama, si es por delante, si es por detrás, si no es por ningún sitio, si es con la mano, si es con la boca, si es en la cama, si es en la calle. Todo lo que se quiera y como se quiera, pero al final el sexo es bueno o es malo. Y si tienes dudas al valorarlo es que ha sido malo. No pongas excusas, porque cuando es bueno no te queda duda alguna. De igual forma, el sexo solo puede hacerse en invierno o en verano, tampoco hay más opciones. Tanto en primavera como en otoño hay un tramo en el que hace tanto calor como en verano y tanto frío como en invierno. La temperatura es un condicionante para hacer sexo, sobre todo si es extrema. Ya sea mucho frío o mucho calor. En ambos casos se limita el movimiento y la calidad del sexo empeora notablemente.

Yo cuando hace mucho frío me quedo dentro de las sábanas inmóvil, mirando al techo, y si el chico quiere algo, que se busque la vida, que yo de allí no me muevo. Y que lo haga con cuidado, porque si mueve el edredón de manera violenta se provoca el aire ese tan molesto que no puedo soportar. No apetece nada cuando estás tan calentita con tu pijama de franela que llegue el pesado de tu chico queriéndote desnudar. Llevo media hora queriendo ir al baño y me estoy aguantando por no bajarme el pijama y ahora llegas tú a quitarme todo. Lo llevas claro.

A mí con mucho frío lo que más me gusta es que me hagan sexo oral debajo de las sábanas y las mantas. Que el chico se meta por ahí abajo y haga lo que quiera, pero sin mover las sábanas, que se levanta aire. Una vez un chico estaba ahí abajo metido cuando de repente se paró. Estuvo un rato quieto y yo pensando que era una nueva manera de excitarme; pero pasados unos minutos, y muy a mi pesar, tuve que levantar la ropa de cama a ver si le había pasado algo. Me lo encontré sudando como un pollo y un poco aturdido por la falta de aire.

También depende de qué época del año sea para que tengas más o menos ganas de sexo. Para mí la Navidad es la peor; no me apetece nada. No solo por el frío, porque ha habido Navidades con temperaturas suaves y tampoco he estado muy activa. No sé si serán los Reyes Magos, o el belén con la Virgen, o ver a la familia junta, o todo a la vez lo que me quita las ganas. El permanente deseo de paz en el mundo y de amor entre las personas, y los niños esperando que vengan los Reyes por la ventana, y tú ahí follando como una loca. Me da como cosa.

El verano es también una época peligrosa para las relaciones sexuales, y no solo por las altas temperaturas. Puede que el chico ese que te ha gustado tanto este invierno pierda su atractivo al verle en bañador y descubrir que tiene pelos en la espalda o que su piel es tan blanca como la de un calamar. Las manchas de sudor en la ropa también son un inconveniente y echan un poco para atrás. Las que menos, será por la costumbre, las de las axilas, porque las manchas de sudor en cualquier otra parte de la anatomía humana son muy desagradables, sobre todo las del sitio ese que estás pensando.

En verano, de todas formas, apetece más que en invierno. Al subir de la playa o de la piscina la pareja se da una ducha fresquita y sin vestirse van directos a la cama todavía húmedos. Lo malo es que esa sensación de frescor dura tres minutos, porque nada más rozarse los cuerpos el calor se hace presente y de nuevo se empieza a sudar por todo el cuerpo, también por el sitio ese que estás pensando. En ese momento te arrepientes de haber empezado, pero ya que estás habrá que acabar aquello de la mejor manera posible.

En las relaciones sexuales en verano se mezcla todo, porque por muy excitada que estés no puedes tener empapado hasta el cuello. Cuando el calor se hace insoportable es cuando se decide poner el aire acondicionado, pero ya es demasiado tarde. Ahora los cuerpos están húmedos y lo único que te espera es un monumental constipado. Te vas dando cuenta de que lo has cogido antes incluso de terminar, cuando a punto de llegar al clímax os ponéis los dos a estornudar, con lo poco erótico que es un estornudo. Ese momento da mucha rabia al saber con certeza que el virus te ha atrapado y no hay nada que pueda evitarlo.

Yo en el sexo soy muy de extremos en casi todo menos en la temperatura. Me gusta que todo sea duro, menos la climatología. Que, salvo en el termómetro, haya excesos en todo lo demás. Que si estoy empapada no sea de sudor. Yo en el sexo, ni frío, ni calor.

# 51
# Soy de pueblo

He mantenido relaciones con hombres de muchos tipos. Altos y bajos, morenos y rubios, más o menos delgados, con más o menos imaginación, incluso ninguna; con más o menos pelo, incluso en la cabeza, que la tenían más o menos grande, también la cabeza. Hay dos tipos de hombres, por el contrario, con los que nunca he mantenido relaciones sexuales, de momento. Será por casualidad, pero nunca me he acostado con nadie que no fuera de raza blanca, ni con nadie con el que no pudiera entenderme hablando. Quizá lo mío en el sexo tenga más que ver con la reflexión que con el instinto. ¿Quién lo iba a decir? El motivo de mi nula variedad étnica debe de ser que he tenido menos oportunidades de encontrar a algún negro o algún oriental que me gusten. No pierdo la esperanza de cruzarme con alguno, pero todavía no me ha sucedido en persona, porque los que salen en las películas no cuentan.

Dicen que antes de los tres años nuestro cerebro define con más o menos precisión las características físicas que tienen las personas que nos atraerán sexualmente a lo largo de nuestras vidas. Nuestro cerebro, dicen, va registrando imágenes en esos primeros años de vida para elaborar el patrón de persona que de mayores preferiremos en la cama. Esa es más o menos la explicación de que muchas de nuestras parejas tengan características físicas similares, algunas veces hasta cierto parecido. Y es que yo soy de Montcada y en mi pueblo no había ningún negro hasta que yo tuve tres años, y menos un chino, porque el restaurante Pekín Aquí, que así se llamaba, lo abrieron cuando ya era yo mayor. Es lo que tiene ser de pueblo.

Una no es indiferente al mito de que los negros tienen un tamaño superior al resto de razas y me provoca curiosidad. Mi amiga Esther me ha asegurado que, salvo excepciones, la fama que tienen está muy fundada. También me ha contado que una vez estuvo con un japonés que no sabe si sería él precisamente la excepción, pero estaba muy bien dotado. Ella lo describió muy a su manera: «¡Mare de Deu, que pollón que tenía el chino!». Ella, como todo el mundo, llama chinos a todos los que tienen ojos rasgados, sean del país que sean. «Era un chino de Japón», me dijo.

Por cierto, ahora que lo pienso, Esther también nació en Montcada, así que la teoría anterior con ella no termina de cuadrar.

Respecto al idioma, lo he hecho en valenciano, castellano e inglés. No veo forma de poder irme a la cama con nadie con el que previamente no haya podido establecer una comunicación, un mínimo juego de seducción mediante la palabra, y para eso se necesita hablar el mismo idioma. Aunque una vez estuve a punto.

Me presentaron en una cena de fin de programa a un francés que no hablaba ninguna otra lengua que la suya propia. Era de Toulouse y era muy atractivo. La mesa donde cenábamos era larga, más o menos veinte comensales. El francés venía acompañando a un guionista y le sentaron lo suficientemente lejos de mí como para no poder cruzar una palabra. No hizo falta para que nos sintiéramos atraídos el uno por el otro. El francés miraba como a mí me gusta que miren los hombres y no me quitaba ojo. Los dos, se intuía, estábamos deseando que llegara el momento del café, en el que la gente cambia de sitio y se junta cada uno con quien más le apetece. A mí me apetecía el francés. Llegó el momento, me acerqué al guionista y este me presentó a su amigo Pierre, que me dijo algo en su idioma que por supuesto no pude comprender. Me di cuenta de que de castellano no tenía ni idea, así que me dirigí a él en inglés, pero el guionista me cortó en seco con un frustrante «Pierre solo habla francés». El guionista estuvo un rato con nosotros haciendo de traductor, pero cuando se cansó y nos dejó solos, el francés y yo nos quedamos sin saber muy bien qué hacer. Él me sonreía y se encogía de hombros como preguntándose qué hacer y yo imitaba su gesto de desconcierto. A nada que yo hubiera chapurreado algo de francés o Pierre un poquito de castellano o de inglés, estoy segura de que hubiéramos acabado esa noche en la habitación de un hotel. Aun sin entendernos estuvimos a punto, pero el francés lo fastidió todo con un gesto ridículo. Sus dedos índice y pulgar de la mano izquierda hicieron un círculo por el que introdujo el índice de la derecha simulando una penetración, como hacen los niños de cinco años cuando empiezan a tener conciencia de lo que hicieron sus papás para tenerle a él. Supongo que sería por la impotencia de no poder expresar sus deseos, pero aquel gesto tan infantil me dejó sin opciones. Después de eso no podía decir que sí. Faltaría más. Puede que no se hable el mismo idioma, puede que cueste más la seducción, pero simplificar una propuesta con ese gesto le restó todos los puntos que tenía. Si no hubiera sido por el dichoso gestito hubiera podido ser un buen encuentro sexual, porque bien mirado tiene su punto estar en una cama con alguien con el que no puedes mediar ni una sola palabra. Me apetece la experiencia. Tampoco estaría mal encontrar por fin a algún negro que me atraiga o a algún chino, aunque sea de Japón.

Volviendo a la teoría de que en la infancia se crea el patrón de hombre que nos gusta de mayores, he de reconocer que en mi caso sí es bastante cierto. Claro que me los he tirado bajitos y rubios, como el mexicano de la hamaca, pero a mí el tipo de hombre que me gusta generalmente es alto, moreno y delgado. Si además tiene los dientes perfectos, una sonrisa maravillosa, unos ojos verdes que te miran siempre seductores, pues mejor que mejor. Así es el hombre que me gusta. Igualito que uno que yo me sé.

# 52
# ANTES DE ACABAR

Cualquier parecido que el contenido y los personajes que aparecen en este libro tenga con la realidad no es en absoluto una coincidencia. Todo lo que cuento en este libro es completamente cierto, aunque no haya pasado. Todas las preguntas que te hayan surgido sobre mí mientras lo leías tienen como respuesta un SÍ. Es posible que si conoces mi biografía hayas encontrado en el texto alguna incoherencia con lo que se conoce de mi vida a través de los medios, pero es que a mí me encantan las contradicciones. Si nuestros sentimientos, nuestras vivencias, nuestro deseo, nuestras relaciones fueran siempre exactas, siempre cuadraran, la vida sería demasiado aburrida. Quédate con lo que has leído en este libro, porque la que sale aquí soy yo. Así es como pienso y así es como soy.

Hace unos meses que Espasa me propuso escribir un libro de sexo, aprovechando el éxito del *Consultorio Sexymental* que hacía en el programa matinal de Pablo Motos en M80, y explotando que soy un personaje público, que ahora según parece es el principal reclamo para vender libros. Lo dudé. Estuve valorando si era o no conveniente exponerme, abrirme en un aspecto de la vida de las personas que debe permanecer en el ámbito de lo privado. Además, si me decidía a hacerlo, me tendría que mojar, porque para escribir de sexo hay que mojarse y hay que abrirse.

Desde el principio descarté hacer un libro de consulta o de consejos, porque ni estoy cualificada ni soy quién para decirle a nadie lo que tiene que hacer. Eso me daba mucha pereza, así que pensé en escribir sobre mis experiencias sexuales, las vividas, las soñadas, las deseadas, las que he tenido y las que sin duda pienso tener. Si contaba todo eso me tenía que implicar, y habría a algunas personas a las que no gustaría nada mi manera de pensar. Eso me parece fenomenal, que para eso se escribe un libro, para que le guste a algunos y que le disguste a otros.

Cuando finalmente me decidí, pensé en hacer un libro de sexo en el que el libro se pareciera al sexo, por lo menos como yo lo entiendo. Me explico. El sexo tiene que ser entretenido y sin tabúes y el libro he pretendido que me quedara igual. Eso sí, me lo he tomado muy en serio para intentar transmitir que el sexo es sobre todo divertido. Hacer sexo es algo muy importante, pero nada trascendente. Respeto mucho la abstinencia, aunque no me parecen respetables los que quieren imponerla. Que cada cual haga con su sexo lo que quiera.

Y hablando de sexo y de querer, a mí antes de entregar SEXUALMENTE solo me quedaba una cosa por hacer. Tenía que escribir el último capítulo del libro y el primero de no sé qué cosa.

# 53
# POR FIN

Esa mañana no tenía muchas cosas que hacer, así que me levanté tarde. Cuando encendí el móvil había, entre otros doce, un mensaje escrito que decía así: «¿903?... Si quieres, nos vemos esta misma mañana».

Siempre veo las audiencias de la tele en Internet mientras desayuno. Todos los días —es como un ritual— salgo de la cama, me ducho y antes de vestirme, secarme el pelo y pintarme, todavía con el albornoz, me pongo un cortado con leche fría, un zumo de naranja, una tostada de pan integral y enciendo el ordenador para ver las audiencias. Las repaso con tranquilidad y una vez vistas leo por encima las páginas *web* de casi todos los diarios a ver qué ha pasado. Con el estómago lleno y conocidas con detalle las noticias de la tele y un poco por encima las demás, regreso al baño para terminar de arreglarme. Me seco el pelo, me echo todas las cremas de cara y cuerpo —las seiscientas—, me pinto un poco, más o menos dependiendo de lo que vaya a hacer esa mañana, y me visto. Después de todo este proceso es cuando, por fin, enciendo el móvil.

Desde hace unos años he logrado mantener cierta distancia con ese aparato. Antes me provocaba mucha ansiedad no llevarlo; si me lo dejaba en casa regresaba a por él como si se me hubiera olvidado una parte de mí. Ahora me da igual. Casi nunca contesto si no conozco el número que llama y nunca si aparece número oculto. Quien quiera algo que deje un mensaje y luego ya le devolveré la llamada.

Esa mañana no había prisa para nada y me recreé frente al ordenador, el desayuno, la ducha, las cremas. Todo lo hice despacio y cuando me acordé del móvil eran las tres menos cuarto de la tarde. El mensaje de Eduardo había sido enviado a las 9.58 y en ese momento me arrepentí del poco apego que le tengo al teléfono. Intenté solucionarlo.

—¿Sí?

—Hola, soy Nuria. Es que acabo de ver tu mensaje.

—Pensaba que no me habías contestado porque no te apetecía verme. Ahora estoy trabajando.

—Estoy deseando verte.

—¿Puedes a las ocho?

—Puedo cuando quieras.

—Pues a las siete en el Capitol. Acuérdate, habitación 903.

—Tranquilo, que no se me olvida.

—¿Seguro que irás?

—Seguro.

Estaba nerviosa. Tenía unas ganas locas de estar con Eduardo. Llevaba pensando en ello desde el día que le vi aparecer por la puerta de aquella sala de juntas. Acelerada fui a la habitación, abrí el armario y escogí los vaqueros más ajustados y una camisa de hilo blanco, con la que me veo especialmente guapa. Cogí el bolso grande y metí en él todo lo necesario.

Cuando me monté en el taxi estaba tan acelerada que di al conductor una dirección equivocada, concretamente la de casa de mi madre. Iba mirando por la ventanilla pensando en mi editor y en todo lo que me imaginaba que iba a pasar en esa habitación de hotel. Al llegar al portal de casa de mi madre pegué un grito que sobresaltó al taxista.

—¿Pero dónde coño estamos?

—Sánchez Martínez-Izquierdo, 17. Donde usted me dijo, señorita.

—Disculpe, es que me he equivocado. Vamos al Hotel Capitol, en Callao.

—¡Cómo están las cabezas, cielo santo, cómo están! —farfulló el taxista.

Siempre he pensado que el primer encuentro sexual con una persona nunca es el más placentero. Es difícil, porque para la plenitud de una relación es necesario conocer mínimamente los gustos del otro y que él conozca un poco los tuyos.

El corazón se me salía del pecho cuando llamaba con los nudillos a la puerta de la habitación 903, en el último piso. Eduardo me abrió descalzo, una camiseta blanca y unos vaqueros que le quedaban como le deben quedar los vaqueros a un hombre. Me besó en los labios. Pasé, cerró la puerta detrás de mí y me cogió por la cintura para empujarme hacia el salón de la *suite.* Encima de la mesa había un gintónic recién preparado y una botella de vino sin abrir. La habitación tenía dos estancias; la de la cama tenía una terraza desde la que se veía toda la Gran Vía madrileña. El saloncito, por su parte, tenía un ventanal en el que impedía la vista uno de los carteles luminosos más emblemáticos de Madrid, uno de los símbolos de la plaza de Callao. Pues justo detrás de ese cartel luminoso está el salón de la habitación 903.

Eduardo abrió la botella de vino y me sirvió en una copa ancha. Brindamos, yo con el vino y él con el gintónic. Bebimos mirándonos a los ojos, sin decir nada. Un solo trago largo y dejamos los dos las copas en la mesa. Eduardo apagó la luz y la habitación quedó iluminada por las luces de neón que parpadeaban y cambiaban continuamente el color de aquella habitación. Nos acercamos hasta tocarnos, nos abrazamos y nos besamos. Lo hicimos despacio, saboreándonos, disfrutando de nuestros labios, de nuestras lenguas. Un interminable beso, lento, cadencioso, jugoso, un poco contenido. Mi excitación era como la de una adolescente a la que acarician por primera vez. Siguió besándome mientras me desabrochaba uno a uno los botones de mi camisa de hilo blanco hasta que esta se abrió por completo. Después desabrochó también los botones del pantalón. Se quitó la camiseta y su torso era aún más perfecto de lo que prometía ser con la camiseta puesta. Tenía un tatuaje en un hombro y otro en el pecho; eran símbolos que no supe definir, pero que le quedaban de maravilla. El hormigueo que revolucionaba mi vientre viajó hasta los muslos, que me ardían. Todo me ardía. Eduardo me fue empujando hasta el sillón, donde me tumbé con él encima. Eduardo estaba excitado, lo notaba cuando chocaba con mi vientre. Nos tocamos mientras continuaba el interminable beso, ya menos lento, menos cadencioso, nada contenido. Nos quitamos la ropa y de nuevo nos abrazamos en el sofá completamente desnudos. Me dio algo de vergüenza que al tocarme notara claramente mi excitación. No podía evitarlo.

Las luces del luminoso parpadeaban con una maravillosa armonía, de rojo, a verde, a azul a amarillo. En el salón de la habitación había un espejo al que miré para descubrirnos a Eduardo y a mí entregados el uno al otro, amándonos de manera un poco salvaje, bastante animal. Me quedé un rato mirando el espejo, viendo cómo Eduardo, ajeno a mi visión, se impulsaba con fuerza, buscándome muy adentro. Era la primera vez que le veía desnudo por atrás y estaba igual de bien que por delante. No podía quitar la vista de ese espejo, mientras Eduardo se movía cada vez con más violencia. Sus manos y su boca me recorrían desde el cuello hasta los pechos. Todo estaba pasando a través del espejo. Me excitaba tanto, me daba tanto placer... Comencé a temblar, mi abdomen vibraba incontrolado, estaba llegando al final, a un final que lo desbordaría todo. Eduardo tampoco iba a durar demasiado, estaba claro. Mirando a aquel espejo me dejé llevar, casi sin moverme. Dejé que viniera solo, que me atrapara sin yo hacer nada. Poco a poco sentía que llegaba, respiré muy hondo, yo misma me sorprendí de lo fuerte que se oía mi respiración, estaba jadeando. Estaba muy cerca, estaba aquí, no podía controlar el temblor, que surgía de dentro, indomable. Cerré los ojos, apreté con mucha fuerza hacia mí el cuerpo de Eduardo y grité fuerte. Le abracé con mis brazos y con mis piernas, casi sin dejarle moverse, todo el rato que duró el desenlace de mi placer. Fue largo, intenso, inacabable. Muy al final noté cómo Eduardo terminaba también y asimismo gritaba. Abrí los ojos a aquella habitación que cambiaba de color y a aquel espejo en el que se reflejaban dos cuerpos desnudos, ahora inmóviles. Nos quedamos así bastante tiempo, notando cómo la pasión de Eduardo iba decreciendo en mi interior.

—Me gustas mucho.

—Yo estoy loca por ti.

—Pero casi no nos conocemos.

—A lo mejor cuando te conozca mejor cambio de opinión, pero ahora estoy loca por ti.

—Estaba deseando que esto pasara desde que te vi por primera vez.

—Sabes que a mí me pasó lo mismo.

—¿Quién se ducha primero?

—Yo, por supuesto.

Pedimos la cena, hablamos de cine, de la tele, de vino, de deporte, de comida, de Madrid, de Valencia, de sexo. Cómo me pone un hombre que hable bien de sexo. El que habla bien de sexo no puede luego hacerlo mal. Eduardo era un buen ejemplo.

Tras la conversación estrenamos la cama, que después de tres horas seguía sin deshacer. Y la deshicimos hasta tres veces, antes de quedarnos dormidos.

Eduardo me gusta. Mucho. Estoy loca por él. Desde esa noche es oficialmente mi pareja, aunque no tengo ni idea de cuánto durará. No me importa. Ahora estoy muy contenta, me despierto sonriendo y tengo el cutis resplandeciente. Siempre tengo ganas y, cosa rara en mí, tengo ganas siempre con el mismo. Qué suerte haber escrito este libro, qué bien me lo he pasado, qué suerte haberle conocido. Si sigo mucho tiempo con él creo que voy a tener material para escribir la segunda parte. Me di cuenta después de la primera noche. Lo que todavía me queda por aprender, lo que aún me queda por vivir.

FIN

NURIA ROCA GRANELL, 2007

Impreso en Litografía Rosés, S. A.
Progrés, 54-60. Polígono La Post
Gavà (Barcelona)